快乐学堂 系列

快乐
四人组

许友彬
作品
XU
YOU BIN
works

青岛出版社
QINGDAO PUBLISHING HOUSE

名家推荐

许友彬的作品有很强的可读性。因为这些作品不仅故事情节极具巧思和幻想，而且人物刻画鲜明、情调耐人寻味、语言朴实明净。这些都是儿童文学最可宝贵的品质。

——中国著名儿童文学作家、诗人　金波

　　许友彬的作品是可以穿越时空、超越年龄的，不但孩子们喜欢读，成年人也能凭此慰藉心灵、重寻自我。

——中国著名儿童文学作家、
中国作家协会儿童文学委员会副主任、
北京大学教授　曹文轩

　　许友彬是儿童文学作家中的故事高手、悬念大师，让孩子们在欲罢不能中爱上阅读。许友彬的作品是对儿童文学"浅语写作"的颠覆，是世界华语儿童文学精华。

——中国著名儿童文学作家、儿童文学评论家、资深童书策划人　安武林

目录
CONTENTS

第一章
晶晶

都是晶晶害的

晶晶的日记

11 月 7 日　星期六　天气晴

放假了。两个月的假期很长，不知道要怎么过。

爸爸说要带我去吉隆坡玩。话虽说得好听，也就是说说儿己（而已）。每年假期，爸爸都这么说，要去那（哪）里那（哪）里……结果，妈妈不能去。

妈妈不能去，爸爸就不能去。爸爸不能去，我就不能去，真是气死人了。等我长大以后，就不管他们了，他们不去，我自己去，要去那（哪）里就去那（哪）里。

这两个月，我看我只能待在这个小鸟（岛）上。

这个小鸟（岛）很闷，辛专（幸亏）有林老师。

林老师来了

晶晶刚写到林老师，林老师就到了。

爸爸在楼下喊道："宝贝，林老师来了！"

晶晶搁下铅笔，飞奔下楼。

爸爸正蹲在店门口刨椰子。

电动的椰子刨飞快地旋转。

爸爸的手里握着半个椰壳，把椰肉推向椰子刨。

白色的椰丝"唰唰"地飞起来，纷纷落入铝盆里。

吉蒂阿姨站在爸爸旁边。她每次只买半个椰子，还要爸爸把椰肉刨成椰丝。

林老师站在吉蒂阿姨后面。

"林老师！"晶晶开心地说，"我在写日记，刚写到你，你就到了。"

"宝贝，这就叫做……说草草，草草就到。"爸爸歪着头问林老师，"林老师，是不是这么说的？说草草，草草就到？对不对，对不对？"

"对，对。"林老师回答得很勉强。

爸爸扭头，一本正经地问晶晶："还记得吗？我刚才是怎么说的？"

晶晶无奈地重复："说草草，草草就到。"

爸爸赞道："宝贝，你真聪明……哈哈！"

吉蒂阿姨买完椰丝离开后，林老师才说："钟老板，我是想来通知你，明天早上我就要离开鹩哥岛……"

爸爸站起来，问道："你要离开鹩哥岛了？不回来了？"

林老师要离开鹩哥岛了？

晶晶的眼眶马上湿润了。

她不只舍不得林老师，还担忧另一件事——林老师不在，爸爸和妈妈的关系就会出现问题。

爸爸妈妈的问题

爸爸妈妈之间的问题跟学习华文有关。

鹦哥岛有两所小学。

这两所小学都用马来语教学，没有华文老师，也不上华文课。

这是令爸爸很烦恼的事，他认为华人就应该学会华文。

他说："如果华人不会华文，就像大树没有根。"

为了让晶晶学习华文，他甚至想迁离这里，搬到其他地方去。

妈妈不同意。

妈妈在鹦哥岛的医院当护士长，不想辞职。

妈妈说："华文只是很多语言中的一种，不学华文并不妨碍我家宝贝以后的发展；发展的是好是坏，跟学什么语言没有关系。"

爸爸说："不一样！比如你，不学华文就不知道什么叫'孟母三迁'。"

妈妈不想做孟母，便跟爸爸吵了一架。

自从晶晶懂事以来，爸爸妈妈就常常为她学华文的事吵个不停。

每次爸爸妈妈为这件事吵架时，晶晶就很害怕。

她害怕爸爸妈妈会离婚。

她听好朋友木头说，他的爸爸和妈妈总是吵架，所以才会离婚。

木头说："那时我还小，什么都不懂。如果是现在，我会抱住妈妈，不会让妈妈走。"

晶晶在爸爸妈妈吵架时，就抱着妈妈的大腿，哭喊道："妈妈，你不要走，你不要走！"

晶晶的这个举动，让妈妈很感动。

妈妈对爸爸说："你看，晶晶都叫我不要走，你还叫我'孟母三迁'？"

晶晶不知道什么是"孟母三迁"，只认定那不是好事。

爸爸和妈妈的问题，是在林老师出现之后才迎刃而解的。

林老师真是晶晶一家人的救星。

木桶度假屋

前年年初，林老师来到鹩哥岛，租了一幢双层楼房。

她把楼房装修得很漂亮，房间都铺上了木地板，厕所很整洁，浴室里还有泡澡木桶。

四个木桶被运到鹩哥岛时，很多人都去码头看热闹。然而，没有人知道这四个木桶是用来做什么的。

那时，木头也去看了。

木头说："有人说是泡澡用的，他在日本电影里面看过。

其他人都不相信，说泡澡要用浴缸，浴缸才够长，腿可以伸直，要是蹲在木桶里泡澡，站起来都不能走路了。"

浴缸在鹦哥岛并不稀奇。

鹦哥岛有很多大大小小的度假屋，高档的都有浴缸。

最终，四个木桶被运到林老师家。林老师家出名了！

她把楼上的三个房间租给游客，自己住在楼下的房间。

鹦哥岛的人便把那里称为"木桶度假屋"。

"木桶度假屋"没有招牌，收费很贵，游客却络绎不绝。

游客到杂货店买东西，都对"木桶度假屋"赞不绝口。

爸爸心动了，问妈妈："我们要不要去'木桶度假屋'住一晚体验一下？"

妈妈反问道："你脑袋有问题吗？"

爸爸不死心，还是带晶晶去"木桶度假屋"了。

那是晶晶第一次见到林老师。

那时候林老师还不叫林老师。

装成游客

那也是前年年初的事。

那天中午，爸爸头戴一顶帽子，牵着晶晶走向"木桶度假屋"。

爸爸嘱咐晶晶："宝贝，我们装成游客，你不要说话。"

度假屋大门敞开着，里面是一个大厅，三面都有落地窗。

大厅里没有人。

爸爸敲敲门。

一个漂亮的女子走了出来，瓜子脸，大眼睛，身材颀长。

"请问有什么事吗？"

她说话很好听，晶晶也不懂为什么，就是觉得很好听。

爸爸支支吾吾地说："我……只是想问……今天……还有没有房间？"

"对不起，今天客满了。"

"哦……明天呢？"

"明天也客满，这个月都被订满了。"

"那么，我们可以不可以看一看房间？"

她说："对不起，不行啊！"

"那么……算了。"

爸爸失望地转身离开。

他掀开帽子，抓抓头顶。

爸爸的头顶只剩几根头发，再抓下去就要光了。

那女子看见爸爸的头顶，问道："你是杂货店的老板？"

林小姐没有兴趣

爸爸回头说："对呀！我就是杂货店的老板，你怎么知道？"

她笑着说："我去你店里买过东西。"

爸爸戴上帽子，自我介绍起来："我姓钟，你好！欢迎来到鹩哥岛。"

她与爸爸握手，说："我姓林。"

爸爸指着外面，说："我就住在杂货店楼上，离你这里不远，请多多关照。"

林小姐问："你是本地人，为什么还要来租房间？"

爸爸尴尬地说："哦……我听说……你的度假屋很舒适……想来看看。"

林小姐说："我这里不叫度假屋，叫民宿*。台湾的民宿就是这个样子。"

爸爸喜形于色："你是从中国来的？"

林小姐说："不是。我是马来西亚人，在中国留过学。"

爸爸问："你在中国留了几年学？"

林小姐说："五年。"

爸爸又问："你在马来西亚学了几年华文？"

林老师说："华文小学六年，华文中学六年。"

"幼儿园也学华文吗？"

"是，幼儿园三年。"

---

* 民宿是指利用自家的住宅或空闲房间让游客体验乡野生活的处所。

爸爸说："六加六加三加五，二十年？"

林小姐说："是的，读了二十年书，现在开民宿，也没什么用。"

爸爸说："有用，当然有用，你不用就很浪费了！我们这里的学校没有华文课，你可以在这里教华文。"

林小姐一口拒绝："对不起，我没有兴趣教书。"

爸爸不高兴了，说："你学了二十年华文，不分一点儿知识给别人，不觉得自私吗？"

林小姐说："我没有受过教师培训，不会教书。"

晶晶觉得很丢脸，人家明明都说了没有兴趣，爸爸还要强迫人家教书。

她拽着爸爸的手臂，低声说："爸爸，走啦！"

爸爸不走，站稳脚步，继续说："依着葫芦画瓢嘛！毕竟你学过这么多年华文，照着你学习的模式教就行。"

"对不起，我要经营民宿，恐怕没有时间教书。"

爸爸把晶晶推向前："林小姐，算我求你了。我让我女儿每天下午来这里，你有时间就教她一点儿，你没有时间就不用理她。你要多少钱……"

"这不是钱的问题，我怕我教不好。"林老师摇头叹息。

晶晶觉得尴尬极了。

爸爸还是说个不停："林小姐，我可怜的女儿身为华人，却没有机会学华文，作文里净是错别字。她长大以后，不知道要怎么抬头做人呢！"

晶晶低下头，一滴眼泪滴在脚上。

晶晶没有答应

林老师半蹲着，和晶晶面对面。

她问晶晶："小朋友，你叫什么名字？"

晶晶含泪回答："我叫晶晶。"

"你想学华文？"

"是的。"

晶晶知道，要是她不学华文，爸爸和妈妈就会不停地吵架。

"真的很想学？"林老师再问。

晶晶用力点点头。

"你为什么要学华文？"

爸爸在晶晶的肩膀上轻轻捏了一下，晶晶收到信号。

她说："我是华人，华人就要学华文。"

"华人为什么就要学华文？"

"华人不学华文，就像大树没有根。"

这句话，爸爸不知说过几百遍。

林小姐竟因为这句话而感动了，她为晶晶揩去眼泪，说："好！晶晶，以后你就叫我林老师。"

变成四个人的事

晶晶临阵脱逃了，她并不想跟林老师学习。

不管爸爸怎样劝她，她就是不去。

爸爸问她："宝贝，你为什么不去？"

"我不管！"晶晶说，"上华文课很可笑。"

"我不管"是晶晶的口头禅。

爸爸说："上华文课是好事，有什么可笑的？"

晶晶说："学校都是用马来文授课的，没有人用华文教。"

爸爸说："谁说没有？我小时候读的就是华文小学，老师都是用华文教书的。"

晶晶说："爸爸，你老了。大家现在都学马来文，我一个人学华文，会被人家笑话的。"

爸爸生气地说："有什么可笑的？华人不学华文才可笑！"

"我不管！"晶晶说，"爸爸，我真的很害怕，我不敢去。"

爸爸抓抓头顶，拿晶晶没有办法。

过了两天，爸爸又问："如果你的好朋友都去学华文，你去不去？"

晶晶认真考虑了一会儿，说："他们去，我才去。"

爸爸问："他们是谁？"

晶晶点名道："我的三个好朋友——木头、秋月和火山。"

爸爸去找木头的爸爸、秋月的妈妈和火山的妈妈。

结果，木头、秋月和火山都被逼着去林老师那里学习华文。

其实，他们都不愿意去学。

在当地，学校只上半天的课，中午就放学了。

放学后，他们可以自由自在地玩耍，谁还想去上课？

火山怪晶晶，说："都是你害的。"

晶晶说："我不管！"

就这样，晶晶一个人的事，变成四个人的事。

挂上"快乐学堂"的牌匾

前年年初，他们四个人就去上华文课了。

每天下午两点半到四点半，他们都去林老师的民宿那里学习。

林老师从不打骂他们，她希望他们能够快乐地学习。

前年五月，林老师回老家待了三天。

她再到鹦哥岛时，扛着一个写有"快乐学堂"的横匾。

林老师说："这四个大字，是一位书法家写给我的。"

从那个时候开始，书法家的四个大字就被挂在门上了。

"木桶度假屋"的名号从此改成"快乐学堂"。

在快乐学堂里，晶晶、木头、秋月和火山快乐地学华文。

谁都不再说是晶晶害的。

他们应该感谢晶晶才对。

爸爸的热情

现在，林老师来找爸爸，告诉爸爸她要离开鹩哥岛。

爸爸以为林老师不会再回来了。

晶晶的眼睛湿润，她既舍不得林老师，又担心爸爸妈妈。

其实，这只是一场误会。

林老师说："我不是要永远离开这里，我只是回家待两个月，陪陪我妈妈。我妈妈年纪大了，身体不好……"

爸爸认真地问："你妈妈生了什么病？"

林老师说："也不是什么大病，就是年纪大了，身体比较虚弱。"

爸爸踮起脚，扯下一包挂在门梁上的鱿鱼干。

他双手捧着鱿鱼干，说："拿回去煮粥给你妈妈吃。"

林老师婉拒道："不用了，谢谢你！我妈妈牙口不好，吃不了鱿鱼干。"

"这样啊……"爸爸抓一抓头顶，"鱼鳔好，你不要走，我去拿一包鱼鳔给你。"

林老师摆摆手说："不用了，不用了……"

爸爸的热情是谁也抵挡不住的。

晶晶走过去，拉着林老师的手腕，细声问："林老师，你可以带我回去吗？"

林老师摸一摸晶晶的头，说："对不起，我只是回老家，不是去旅游。"

"我不管。"晶晶张开双手，搂住林老师，"我就是要跟你回老家，你不在，我……"

她竟哽咽起来，说不下去了。

爸爸拿着一包鱼鳔出来，喊道："宝贝，你别缠着林老师，这样很没礼貌。"

晶晶放开林老师，擦干眼泪。

爸爸把鱼鳔塞给林老师，说："这个好，我老婆说鱼鳔有什么……唉，不知道有什么蛋白，给老人家补补身体。"

林老师拗不过爸爸，只好收下了："谢谢你，钟老板。"

晶晶突然想起了什么，叫林老师等一等。

请把我的小娃娃带去

晶晶冲回她的房间，拿起床边的小娃娃，飞快地跑回来。

她把小娃娃交给林老师，低声细语地说了几句话。

林老师频频点头。

爸爸好奇地问："宝贝，你舍得把你最心爱的小娃娃送给林老师？"

晶晶解释道："我不是把小娃娃送给林老师。林老师不能带我去，我只能请林老师把它带去，等林老师把它带回来，我再问它好不好玩。"

林老师抱住晶晶，轻声说："你在家里要乖乖听爸爸的话，好吗？"

晶晶说："好。可是假期那么长，留在家里很闷。"

"你可以到快乐学堂去！我买了很多新书，你可以利用假期多读读书。"

爸爸问："林老师，快乐学堂需要我帮你打理吗？"

"不用了，谢谢。我有一个同学想在这里住两个月，他今晚就到，他会帮我打理快乐学堂的。"

"华文中学的同学？"

"不是，是我的小学同学。"

"女的？"

"男的，他姓王。我今晚问问他，或许他能帮我代课，继续教晶晶他们华文。"

"哦。"爸爸似乎对王老师不感兴趣，没接着问下去。

晶晶却很有兴趣。

明天，她想去看一看。

看见火山很奇怪

第二天中午，晶晶走向快乐学堂。

在快乐学堂外，她看见火山鬼鬼祟祟地躲在椰子树后面。

火山的穿着很奇怪——长袖条纹睡衣，配蓝色短裤。

他的头发凌乱，脑后还有一撮往上翘，好像一个鸡冠。

他在那里做什么？

晶晶蹑手蹑脚地走过去，准备打他一下，吓他一跳。

第二章
火山

火山今天很纠结

火山不要去

火山正想写日记，妈妈就闯进房间来。

妈妈总是这样，门都不敲一下，吓人一跳。

火山心里很不高兴。他看见妈妈拖着一个拉杆箱进来，就知道她要干什么。

火山大声喊道："我不要！"

妈妈白了他一眼，问道："你不要什么？"

明知故问！火山不想回答，怒火中烧。

妈妈气呼呼地说："你不收拾？好，我帮你收拾！"

她打开空无一物的拉杆箱。

火山起身，挡在衣柜前，又重复了一遍："我不要！"

妈妈和他面对面对峙。

他扎稳脚步，坚决不让她开。

妈妈放低姿态，问他："你说，你不要什么？"

火山说："我不要跟你们回吉隆坡！"

妈妈按着他的肩膀，轻声说："每年假期，你都跟着我回去，今年为什么不肯跟我回去？"

火山坚定地说："我不要跟你们回去，我不要去他家！"

妈妈错愕，脸色惨白。

她深呼吸，弯下腰，尽量温柔地说："火山，你为什么不试试？你没有去过他的家，怎么知道自己会不喜欢？他的家很漂亮，我们还可以去水上乐园玩……"

火山双手捂着耳朵，喊道："我不要！我不要！"

妈妈企图拉开他的手臂："火山，你没有礼貌！"

火山忍不住哭了。

妈妈松开手,哀求道："火山,你就听妈妈一次。你相信我,你一定会喜欢那个地方，妈妈会给你一个快乐的假期！"

火山哽咽着说："有他在……我就不会快乐！"

妈妈生气地说："火山！你怎么可以这样说？他是你爸爸呀！"

火山怒吼道："他不是我爸爸，我爸爸死了！"

"啪！"妈妈一巴掌打在火山脸上。

火山的脸颊火热，他咬着下唇，瞪着妈妈，就是不哭。

妈妈抱住火山，哭着说："对不起……"

爷爷靠在门边说："火山不想去就不去吧。"

妈妈抽泣着说："他一个人在家……我不放心。"

爷爷吼道："什么一个人？还有我嘛。"

妈妈紧紧搂着火山，在他耳边说："妈妈爱你，知道吗？"

火山点点头。

被妈妈抱一抱，他心中的怒气瞬间消失了。

火山的日记

11月7日　星期六　下午大雨

今天很伤心。我心里很 jiū jié。

每一年学校放长假，我都会跟妈妈去吉隆坡。从我出生到现在，都是这样。妈妈是老师——人家都叫她"密斯李"，学校一放假她就回外婆家。

我喜欢外婆家，也喜欢外婆。外婆年年都等我回去，今年她没有看见我，一定会很伤心。可我也没有办法，如果她了解我，一定不会怪我的。

我不是不喜欢去外婆家，我是不喜欢跟"那个人"去，更不喜欢去那个人的家。我不想叫那个人爸爸。

我爸爸死了。爸爸出海潜水后，就失综（踪）了。

我希望爸爸只是去了金银岛，并没有死。如果爸爸有一天穿金载（戴）银回来，那时妈妈后悔也来不及了。

今晚妈妈要帮我收拾行李，我说我不想跟她去。她很生气，问我为什么。我说我不想跟那个人去。她说他是爸爸。我说他不是爸爸，我爸爸死了。妈妈为此打了我一个耳光。

妈妈让我做一个诚实的孩子。我就是诚实，才告诉妈妈我不喜欢跟他去。我诚实地说，爸爸死了。我诚实地说，他不是我爸爸。

我没有说错，也没有说谎。

后来我哭了，妈妈也哭了。妈妈抱住我说她爱我。我心里好受一点儿，当然也不是很好受啦。我觉得，妈妈爱那个人比爱我多。

最终，妈妈答应让我留在鹩哥岛了。

她说，明天早上她会去快乐学堂，拜托林老师照顾我。

我相信林老师一定会答应我妈妈的，因为林老师是世界上最厉害的人。林老师，你说是不是？

被妈妈叫醒

火山梦见自己在大海里潜水，遇见了鲨鱼。

鲨鱼咬他的小腿，把他拖下海底。

他在惊吓中醒过来，看见妈妈在拍他的小腿。

妈妈说："火山，快起来，跟我走。"

火山气愤地喊道："昨晚不是说好了吗？我不跟你们去！"

妈妈站在床边说："早上我去找林老师，她说她今天也要离开鹩哥岛。现在没有人能照顾你，你不能留在这里。"

"爷爷会照顾我的。"火山坐起来说。

"你爷爷？"妈妈压低嗓子说，"他每天上山，不在家，怎么照顾你？"

"我跟他上山。"

"不行，太危险了！"

"我一个人在家。"

"谁做饭给你吃？"

爷爷在房间外面回答道："我做饭给他吃。"

妈妈对着门口喊："爸，你知道，火山这个孩子做事没头没脑的，没有人管他是不行的。"

火山不想听妈妈和爷爷争吵，爬起来往大门奔去。

客厅里，那个人坐在沙发上问他："火山，你要去哪里？"

火山当作听不见，趿拉着鞋跑出去。

妈妈从后面追来，喊道："你要去哪里？"

"快乐学堂！"火山回答道。

快乐学堂

火山来到快乐学堂门口，踌躇不前。

他没有看见林老师。

林老师真的走了？

他透过落地窗，看见快乐学堂里有一个陌生的男人。那个人高高瘦瘦、白白净净的，鼻梁上架着一副黑框眼镜，在厅堂里踱步。

那个人到底是谁？

火山怕陌生人看见他，只好躲在椰子树后面。

忽然，有人拍打他的后背，吓了他一跳。

"谁——"

晶晶对着他傻笑。

"为什么打我？"火山埋怨道。

晶晶问他："你在这里偷看什么？"

"我想看看林老师在不在。"

"林老师今天早上回老家去了。"

"你怎么知道的？"

"昨天她来我家通知我爸爸了。"

火山大失所望，妈妈说的没错。

他问晶晶："那你又来这里做什么？"

晶晶说："我来看林老师的同学。"

火山指着快乐学堂里的陌生人问："他就是林老师的同学？"

"是。他姓王，是我们的代课老师。"

"我们还有代课老师？"

"当然啦。王老师就是我们的代课老师。"

火山心中燃起了希望。

他是好人还是坏人？

火山飞奔回家，告诉妈妈快乐学堂来了一个代课老师。

妈妈不以为然地问："谁呀？"

"他叫王老师，是林老师的同学。"

"所以，你认为王老师可以照顾你，你就有理由留在这个岛上，对不对？"妈妈咄咄逼人。

"妈妈！"火山嚷道，"是你不放心，我才去快乐学堂查看情况，才发现王老师在里面的。"

妈妈说："我信任林老师，才会去拜托林老师。你以为我会随便把你抛给一个陌生人吗？那个王老师，我怎么知道他是好人还是坏人？"

火山以为老师都是好人。

"妈，要不你去看看他是不是好人？"

妈妈说："见一面就知道他是好人还是坏人？别说了，我不会把你交给一个陌生人的，你必须跟我们回吉隆坡。"

"我不去！"火山坚决地说。

妈妈气得直跺脚："为什么你这么不听话？"

火山反驳道："你也不听我的话。"

妈妈吼道："我是你的妈妈呀！孩子就应该听妈妈的话，妈妈不该听孩子的话。"

火山说："你不是尊重我的选择吗？现在我选择留下来，

你又要反悔？"

"我……"妈妈气得说话都结巴了，"我……尊重你的选择，可是，你的选择是错误的，我不能不理呀！"

火山说："你怎么知道我的选择是错误的？你连问都不问，就把人家当作坏人。你这么说，公平吗？"

妈妈抬起手，作势要打火山。

火山知道妈妈不会打他。

那个人——也就是火山的新爸爸——放下报纸，看着妈妈，一副关心的模样。

妈妈做出委屈的表情。

于是，火山就变成欺负妈妈的坏人了。

新爸爸出人意料地说："亲爱的，我们去找那个王老师谈谈，好不好？"

妈妈点点头。

火山实在看不下去了。他费尽力气劝妈妈去找王老师，可妈妈像大象那么沉，怎么推都推不动。

现在新爸爸轻轻说了一句话，妈妈就变成一只小绵羊，乖乖跟他去了。

妈妈出门前留给火山一个"狮子吼"："还不去洗脸刷牙？你连自己都管不好，叫我怎么放心把你留在这里！"

爷爷的树根

火山对他们去找王老师这件事，并不抱什么希望。

他认为那个新爸爸只是在做戏。

火山觉得自己似乎没有选择。

他在心里拿定主意，这次跟他们出门，自己绝不会跟那个新爸爸说一句话。

不管他家里有多么漂亮，火山也不想住在那里，他只想去外婆家。

火山在浴室里，看到一条还没有洗干净的树根。

他想起晶晶爸爸说过的话："不学华文，你就找不到根。"

不过爷爷没有学华文，却能找得到根。

这是爷爷昨天找到的树根。树根为白色，稍微弯曲，头粗尾细。

火山知道它是东革阿里的树根，可当药材，很值钱。

东革阿里是岛上的一种名贵的树木，它的树根坚硬结实，像武林高手的武器。火山忍不住挥舞树根，假装自己是武功高强的大侠，和敌人大战三百回合。

妈妈回来了，在浴室外面问："火山，你在做什么？"

火山赶快洗去汗水，擦干身体，穿上衣服。

他紧绷着脸，装成不高兴的样子，打开门，面对妈妈。

妈妈倒是满脸笑容。

她喜滋滋地说："那个王老师毕业于中国著名的大学，在一所中学教书。他想来这里修身养性，并不介意帮我看管你。"

火山喜出望外："那么，我可以留下来了？"

妈妈说："可以。但是我们去吉隆坡的时候，你必须每天去快乐学堂学习。"

"谢谢妈妈！"火山把妈妈抱得紧紧的。

新爸爸已经拉着两个拉杆箱，站在门边等妈妈了。

火山送妈妈出门口，说："妈妈再见！"

妈妈趁机说："跟他说，'爸爸再见'。"

火山很想配合妈妈，却开不了口。

他始终不愿意叫那个人爸爸。

妈妈瞪了他一眼，愤然离去。

第三章
秋月

付出带来快乐

秋月不放心

秋月吃过午饭，在厨房里刷锅。

妈妈在客厅喊她："晶晶来了。"

晶晶直接走进厨房，对秋月说："走，去上课。"

秋月说："今天我不去了。"

今天，秋月要陪妈妈去医院看病。

妈妈得的是肾病，每隔一段时间都要去洗肾。听说洗肾时不能睡觉，睡觉可能会死掉。

秋月不确定传闻是不是真的，但她还是要陪妈妈去，以防妈妈睡着了。

晶晶说："今天来了新老师，火山叫我们一定要去。"

"新老师？林老师呢？林老师不教我们了吗？"

"林老师回老家去了。"

"哦。回去了……"秋月怅然若失。

"来了一个代课老师，男的。"晶晶兴致勃勃地说。

"嗯。"秋月对男老师没有什么兴趣。

晶晶又说："本来爸爸不让我去，后来听火山说，他是从中国著名的大学毕业的，很厉害，爸爸才让我去的。"

"今天你先去吧，我明天再去。"

晶晶说："我不管。我爸爸要我找你做伴一起去。"

"可是……"秋月还是担心妈妈。

妈妈走进厨房，对秋月说："去吧，不要懒惰。"

秋月觉得很委屈。她一直很努力，从来不敢偷懒。

"可是，我怕没人照顾你。"秋月说。

"怎么会呢？"妈妈烦躁地说，"护士会看着我的。"

晶晶趁机接茬儿："是啊，我妈妈在那里，她也会照顾阿姨的。"

秋月犹豫着要不要去。

"还不快去？"妈妈大声说道，像要把秋月撵走。

秋月只好换了衣服，跟晶晶出门。

她心里还是沉甸甸的。

看见王老师

火山和木头蹲在快乐学堂外面的椰子树下。

晶晶走过去，问他们："你们为什么还不进去？"

火山说："我等你们来，再一起进去。"

木头则说："火山不敢进。"

火山推了木头一把，嚷道："你也不敢。还说我？哼。"

木头说："我不是不敢，而是觉得第一天上课，大家一起进去比较好。"

火山问："分开进和一起进还有什么不一样吗？"

木头说："不一样。我们第一天上课，王老师肯定要做自我介绍，如果我们分两次进去，他就得说两遍。"

"我不管。"晶晶说，"你们不敢进去，我进去！"

她带头第一个走向快乐学堂。

秋月默默地跟在晶晶后面。

晶晶敲敲门，快乐学堂里面没有人。

木头说："厨房里好像有人，我看见影子了。"

秋月也看见厨房里有影子在晃动。

"王老师，王老师……"晶晶边走边喊，声音也不大。

这时，王老师从厨房里走出来，左手握着一把菜刀。

"啊！"晶晶吓得直往后退。

王老师赶快把菜刀放在身后，说："对不起，吓着你了。"

"不是，不是你，"晶晶指着地上说，"是这个……"

一只大螃蟹从厨房爬到她脚边，吓得她连连后退。

王老师腼腆地说："对不起，我要煮螃蟹，被它逃脱了。"

清蒸大螃蟹

火山推着木头说："王老师，别怕，木头会捉螃蟹。"

木头走过去，俯身一抓，就把螃蟹拎了起来。

火山向王老师介绍道："木头的爸爸是厨师，做螃蟹他最在行。"

王老师把菜刀交给木头，说："那就拜托你了。"

木头握着菜刀，愣住了。

秋月看得出，木头只会抓螃蟹，不会做螃蟹。

木头扭头看向秋月，用眼神向秋月求救。

秋月说："到厨房里去。"

晶晶问道："王老师，你为什么会有一只大螃蟹？"

王老师说："昨晚我来这里，林老师说有人送给她两只大螃蟹，她不喜欢吃螃蟹，就留给我了。"

秋月看见另一只螃蟹，被"五花大绑"地放在水槽里。

晶晶又问："那你想怎么做？"

王老师说："我想把螃蟹放进水里煮。"

秋月一听就知道王老师不会煮螃蟹。

木头在厨房里东张西望。

王老师问他找什么。

木头说："我在看有没有酒。我想让螃蟹先喝一点儿酒，等螃蟹醉了，比较好下手。"

秋月觉得自己该出手了，不然，他们都拿这两只大螃蟹没办法。

她抓起槽里那只被"五花大绑"的螃蟹，拿了一支筷子，从螃蟹腹部插入。

螃蟹的肚子被戳破，挣扎了几下就不动了。

木头依样画葫芦，也把手里的螃蟹戳死了。

秋月解开捆绑螃蟹的绳子，拔去螃蟹的鳃，把螃蟹洗净。

木头也学着秋月清洗完另一只。

秋月在锅里放了水，用箅子隔开水，把两只大螃蟹放在箅子上，再把锅盖盖上，然后打开炉子，清蒸螃蟹。

王老师称赞道："这位同学的手脚好利落！"

秋月心里很高兴，却没有展露笑容。

"我叫晶晶，她叫秋月，擅长做家务。"晶晶又指着火山说，"他叫火山。"

王老师学习快乐

王老师和他们回到厅堂里，围着大桌子坐下，就像以前林老师上课时一样。

晶晶问王老师："林老师是你的同学吗？"

王老师说："是的，小学同学。"

晶晶又问："你来鹩哥岛找她？"

火山调皮地问："她是不是看到你要来，所以走了？"

王老师红着脸说："不是这样的。我想来鹩哥岛度假，便上网找民宿，'快乐学堂'的评价最高。我输入资料订房，林老师联系上我，我这才知道'快乐学堂'是林老师开的。"

晶晶说："王老师，你很奇怪。这两个月是淡季，没有游客来鹩哥岛，你却要来度假。"

火山附和道："是啊，这两个月风大浪大，不能出海玩，岛上的人都要离开了，你还到这里来，真的很奇怪。"

王老师说："我就图个清静。"

秋月心想，王老师要清静，他们不该来打扰他。

晶晶问："王老师，你住的地方不清静吗？"

王老师说："我住在大城市里，那里令人烦躁。"

火山说："大城市不好吗？大城市什么都有，这里什么都没有。"

王老师说："这里有快乐学堂，我来学习快乐。"

晶晶问："王老师，你来学习快乐？难道你不快乐？"

王老师说："是的。我来快乐学堂，希望能够找到快乐。"

"没有用的！"火山泼冷水，"我们在快乐学堂学习两年了，都没有找到快乐。"

王老师问火山："你也不快乐？"

"不快乐。"火山说。

"你呢？"王老师问晶晶。

"不是很快乐。"晶晶说。

秋月觉得纳闷，晶晶家里那么有钱，要什么有什么，也会不快乐？

王老师扭头问木头："你呢？"

"我不知道要怎么说，有时候很快乐，有时候很不快乐；大多数时候，没有快乐也没有不快乐。"木头说。

秋月想的和木头一样。

她没等王老师问她，就先说："我也是。"

王老师问："那么，你们是快乐的时候多，还是不快乐的时候多？"

秋月、火山和晶晶都回答："不快乐的时候多。"

只有木头回答："快乐的时候多。"

王老师说："那么，我们一起加油，学习活得更快乐！"

一起吃螃蟹

秋月看时间差不多了，去厨房把蒸熟的螃蟹端出来。

王老师说："我们洗洗手，大家一起吃。"

秋月翻开两只大螃蟹的腹部，一只团脐，一只尖脐。

团脐的是雌的，蟹黄多，比较好吃。

她把雌蟹推给王老师，说："王老师，你吃一只，我们四个吃一只。"

王老师说："不能这样分。"

他把四只大螯足拔出来，分给他们一人一只。

"可是……"秋月不知道怎么阻止王老师。

他再把雌蟹的壳剥开，指着蟹黄问道："这个，谁敢吃？"

"我敢吃！"火山不客气地把盛满蟹黄的蟹壳拿去。

秋月把大螯足还给王老师，说："我不喜欢吃这个，我喜欢吃蟹脚。"

她把蟹脚一只一只拔出来，折去尾端，吮吸藏在里面的蟹肉。

王老师剥去螯足的外壳，把蟹肉蘸上酱油。

他一边吃，一边眉飞色舞地说："真好吃。"

秋月见王老师吃得开心，心里也很开心；吃东西是一件快乐的事，王老师在快乐学堂找到快乐了。

快乐的泉源

吃完后，大家帮忙收拾"残局"。

秋月捡蟹壳，晶晶抹桌子，木头刷锅，火山洗盘子。

每个人都想找一点儿事情来做，不然就会觉得很不好意思。

收拾完后，王老师要给大家上课。

火山却在这个时候提出一个奇怪的问题："王老师，快乐也可以学习的吗？"

王老师回答："当然可以！只要你懂得快乐的原则，就可以学会快乐。"

火山问："快乐的原则是什么？"

王老师回答道："快乐的原则是给予，简单地说，就是付出。"

王老师站起来，在白板上写出"付出"这两个字。

王老师说："付出就是给予。就像买东西，买东西要付出什么？"

晶晶说："钱。"

王老师说："对！你要买到东西，就得付出钱。你要得到快乐，就得付出……"

火山问："付出什么？"

王老师一时语塞，答不上来。

他想了想，说："不对，我这个比喻不恰当。买东西是有条件的，是一种交换。付出不是交换。你为对方付出，而且不期望对方回报，不期望从对方身上得到什么。你付出后，会得到快乐，这种快乐是发自内心的，不是对方给予的。"

然而，除了秋月，大家都没听明白。

付出还是交换

秋月听明白了，但她不完全赞同王老师的说法。

她在家里做家务，是付出还是交换？

她认为是付出，因为她并不期待得到什么回报。

可是，她不会因为做家务而快乐。

"我明白，可是……"秋月问，"老师，付出就会得到快乐吗？"

王老师沉默了一会儿，说："不是所有的付出都可以得到快乐。很多时候，只要你愿意付出，就可以得到快乐。"

火山问："王老师，你来这里，要得到快乐，就得付出东西？"

王老师说："对。我来教你们华文，就是付出。"

火山问："那你要给我们什么东西？"

王老师说："我来教你们，就是给你们东西。"

火山还不明白："我又没有得到东西。"

木头说："你能得到学问哪。"

晶晶画蛇添足，解释道："老师教你华文，你会得到'根'。"

火山又问："我们得到学问，你就觉得快乐吗？"

王老师说："是的。"

晶晶插嘴道："老师，你不只能得到快乐，你也能得到钱。"

秋月觉得晶晶这样很没有礼貌。

王老师坦然地说："我教你们华文，并不是为了钱。"

火山说："我知道了，林老师是为了钱。"

秋月觉得火山不应该这么说林老师。

王老师说："林老师也不是为了钱。她收的学费，可能都不够买书给你们看。"

没错，厅堂里的三个书柜都摆满了书，林老师一定花了不少钱。

秋月想起林老师的付出，心里感到暖暖的。

因别人的快乐而快乐

秋月觉得有必要帮王老师厘清"付出"这件事。

她问王老师："老师，刚才木头帮你捉螃蟹，晶晶帮我们抹桌子，火山帮我们洗盘子，这些算不算付出？"

王老师称赞道："对！秋月，你真聪明，这些都算付出。"

晶晶又问："秋月帮你蒸螃蟹也算付出？"

"当然啦。"王老师转向秋月，"秋月，你帮我蒸螃蟹，有没有想过要我报答你？"

"没有。"秋月摇头。

她哪敢这么想？

王老师又问："秋月，你帮我做了这些事，有没有感到快乐？"

秋月仔细回想，自己刚才被妈妈说了几句，才勉强同意陪着晶晶来上课，心情不是很好。然而，帮王老师蒸了螃蟹之后，她的心情的确好转了。

她回答道："我有快乐的感觉。"

王老师说："付出就是这样，不求回报，自己却会感到快乐。"

秋月认为自己的快乐，也可能源于王老师的快乐。

她给王老师蒸了螃蟹，王老师吃得开心，她因为王老师的快乐而快乐。

晶晶举手说："王老师，明天我和秋月一起帮你做饭，好吗？"

秋月感到很奇怪：晶晶也会做饭？

火山接着说："王老师，明天我和木头帮你洗碗筷。"

木头没有说话，他觉得自己被拖下水了。

王老师说："好！明天做一次，让你们体验快乐还是不快乐。以后，就不需要了。"

晶晶问："为什么？"

王老师说："如果你们天天帮我做饭，你们会觉得有负担，就不会觉得快乐。"

秋月天天帮妈妈做饭，也没有觉得快乐。

不对，她不是帮妈妈做饭。

她家里只有她跟妈妈两个人，妈妈身体不好，要养鸡，又要酿酒，而秋月只是做做家务，为这个家付出是应该的。

付出，并不一定是为了找到快乐。

虽然秋月的想法和王老师不完全一样，但秋月还是觉得，今天上了有意义的一课，令人深思。

第四章
木头

月亮婆婆的狗在吠

学做一道菜

今天去快乐学堂遇见王老师的事，木头跟爸爸说了老半天。

爸爸正在餐厅里忙着，不能放下工作听他说话。

木头一直跟在爸爸后面，想到什么就说什么。

爸爸没有回应，木头还是说个不停。

木头是一个慢热的人，对不熟的人无话可说，对熟悉的人说个不停。

木头相信，爸爸一直在听他说话。

木头说："王老师说，付出就是快乐，我不知道他说得对不对。"

爸爸忽然出声："不对，付出太多就是痛苦。"

"为什么？"

"老弟，你长大后就知道了。"

爸爸只有三十二岁，叫木头称他"老兄"，他叫木头"老弟"，这样的昵称显得既平等又亲密。

木头说："老兄，我现在就想知道。"

爸爸说："我读书不多，没法回答你。"

木头想为王老师付出，问道："老兄，你可以教我煮一道很厉害的菜吗？"

爸爸拒绝道："不可以，不厉害的菜也不可以。"

"为什么？"

"因为做饭是一件非常危险的事，'儿童不宜'！"

木头问："有什么危险？"

"刀会切到你的手，油会喷到你的脸，一个不小心全身都会烧起来。"

木头不相信，说："老兄，你太夸张了吧！"

爸爸问木头为什么要学煮菜。

"我不知道。"木头说，"我只是……想去快乐学堂表演给他们看。"

爸爸建议道："要表演不如去学魔术，表演魔术比较安全。"

木头说："不只是为了表演，我要付出。秋月和晶晶要给王老师做饭，我不想只抹桌子和刷碗。"

爸爸说："当然了！老弟，你不能输给她们。"

木头高兴地问："你答应教我了？"

"这样吧，"爸爸说，"你给我一点儿时间，让我好好想一想要教你什么。"

"教我煮咖喱鱼头！"

咖喱鱼头是爸爸的拿手菜，餐厅外面的招牌上就写着"咖喱鱼头"。

爸爸的绰号也叫鱼头。

"不行！"爸爸说，"我要教你煮一样不需要用菜刀，不需要开炉灶，做法很安全，吃起来又可口的菜。"

"那是什么？"

爸爸说："我还在想。"

这么难的东西，恐怕爸爸想不出来。

阿旺的叫声

木头最后一个来到快乐学堂。

今天秋月和晶晶为了给王老师做饭，提前来了。

秋月做了洋葱煎蛋，晶晶在一旁认真观摩。

火山要给王老师洗碗筷，也早早到了。

现在还不到做饭的时候，他们四人在厅堂里看书。

木头从书橱里抽出一本故事书来看，才看了几页，就听见了狗吠声。

——那是阿旺的哀号。

秋月起身道："王老师，我出去看看。"说完就往外奔。

王老师问："什么事？"

晶晶说："月亮婆婆的狗在叫，秋月去看看发生什么事了。"

王老师又问："谁是月亮婆婆？"

火山说："大鼻叔叔的妈妈。可能是大鼻叔叔在打狗，秋月根本不需要多管闲事。"

木头为秋月辩护道："秋月不是多管闲事，大鼻叔叔并不在家。"

大鼻叔叔是鹦哥岛的导游。上个星期，他跟鱼头说，淡季没有游客，他要去吉隆坡找工作。

"所以，现在只有月亮婆婆一个人在家？"王老师问道。

晶晶补充道："还有阿旺——月亮婆婆的狗。"

王老师建议道："我们去看看，好不好？"

一摊肥皂水

木头、晶晶和火山带领王老师到月亮婆婆家去。

他们朝快乐学堂后面走去，过了小桥，爬上斜坡。

月亮婆婆的家，就在斜坡上面。

斜坡上，有一道由三十块石头砌成的石级。

月亮婆婆年纪大了，腰弯得厉害，身形好像一个弯弯的月亮。她拄着拐杖上下石级，非常不容易。

自从去年发生过一次意外后，月亮婆婆就很少出门了。

去年，她的拐杖断了，她从石级上面滚到河边。

那时，餐厅里有人说："月亮婆婆这么老了，像轮胎一样滚下来，差一点儿没了命。"

后来，大鼻叔叔带游客来吃咖喱鱼头，爸爸劝他说："你妈妈那么老了，别让她住在上面。反正房子是租的，价钱差

45

不了多少，不如另找个方便的地方。”

　　大鼻叔叔回答道：“我也跟我妈妈说过这件事，可她就是喜欢登高，喜欢坐在门口看风景。要她搬下来，她会不习惯的。”

　　木头在路上想的就是这些。

　　他们爬上台阶，来到月亮婆婆的家门口。

　　阿旺不叫了，对着他们直摇尾巴。

　　此时，秋月正搀扶着月亮婆婆进房间，月亮婆婆的身体湿了一大半。

　　月亮婆婆看见门口有这么多人，说道：“哎呀，惊动了你们，真不好意思。你们小心，地上有肥皂水，很滑。”

　　地上有一摊肥皂水，一个塑料桶和一根木拐杖。

　　月亮婆婆走进房间后，秋月把房门关上。

　　“喀喀……喀喀……”房间里传出月亮婆婆的咳嗽声。

　　王老师看看四周，说：“这客厅似乎好几天没有打扫过了。”

　　木头主动请缨道：“我来扫地！”

　　他在浴室找到了拖把和水桶。

　　浴室里还有一桶洗好的衣服。

　　晶晶说：“我去晾衣服。”

　　木头拿着拖把，说：“我先去把地擦干。”

　　火山捡起那根用树枝做成的拐杖，说：“这根拐杖不好，我家有很多好拐杖。"

王老师不知从哪里找来了扫帚,开始扫地。

几个人七手八脚,很快就把客厅收拾干净了。

木头明白,这就是付出。

付出,的确是令人开心的事!

什么都知道

月亮婆婆换了件干净的衣服从房间里出来。

秋月搀扶着她,她走起路来还是一瘸一拐的。

她看见大家站着,就喊道:"坐呀!坐呀!怎么都站着?"

大家只好找椅子坐下来。

她看着王老师,问:"你是快乐学堂的新老师?"

王老师欠身,说:"是的,我姓王,您叫我小王好了。您怎么知道我是新老师?"

"我什么事情都知道。"月亮婆婆坐在藤椅上,抬高头,"我住在这里,高高在上。我喜欢坐在门口,下面发生什么事情,我都看得见。"

王老师附和道:"是的,这里居高临下,一目了然。"

木头心想:大鼻叔叔说得没错,月亮婆婆喜欢住在高处。如果住在平地上,她抬不起头,也看不见人;住在高处,她就看得清楚了。

月亮婆婆看着木头说："你是鱼头的儿子。"

火山说："他叫木头。"

她又指着火山说："你是马爷爷的孙子？"

晶晶抢着说："他叫火山。我是杂货店店主的女儿，我叫晶晶。"

月亮婆婆看着晶晶说："我知道你，你爸爸来找过我。"

晶晶好奇地问："我爸爸找您做什么？"

老大徒伤悲

"那是三年前的事了，你爸爸来找我教你华文。"

火山问："月亮婆婆，您的华文很好吗？"

"不好。"月亮婆婆摇摇手，"我的华文只学到初中。我初中读的是马来学校，华文只是选修课。"

王老师问："是不是只在星期六上课？"

"是的！"月亮婆婆说，"星期六的课，很多同学都不去上，学校也不管。去上华文课的，只有我们五个女生。"

王老师说："女生比较好学。"

"也不是五个女生都去，有时四个，有时三个，有时两个……"月亮婆婆提高声调，慷慨激昂地说，"不过，我风雨无阻，每个星期六都到，从不缺课，比老师去得还早。上课时，我都睁大眼睛，全神贯注，从不打瞌睡。"

王老师赞叹道："您学习非常认真！"

晶晶也说："您的华文成绩一定很好。"

"不好……"月亮婆婆说，"每次考试只得五十多分。"

"为什么会这样？"晶晶感到奇怪。

"我是左耳朵进右耳朵出，脑子里总想着别的东西。"月亮婆婆低声解释道。

秋月说："月亮婆婆，这是正常的，我上课时也常走神。"

月亮婆婆说："不过，这也是没有办法的事，又不是我的错……"

火山问："那是谁的错？"

"华文老师的错。"月亮婆婆有些羞涩，"谁叫他长得那么帅呢！"

大家听了哈哈大笑。

月亮婆婆指着王老师说："跟你们的华文老师一样帅。"

王老师羞红了脸，说："您真幽默。"

月亮婆婆严肃地说："总之，我的华文没学好。钟老板求我教他女儿华文，我感到很惭愧。这叫做少壮不努力……嗯……还有呢……忘了。"

王老师补充道："少壮不努力，老大徒伤悲。"

"对的！"月亮婆婆大声说，"我现在就是，老大徒伤悲呀！"

付出有价值

月亮婆婆说："口水都快说干了，我还没有泡茶给你们喝，太失礼了。我来给你们泡茶。"

月亮婆婆想要起身，脚一扭，惨叫一声。

王老师连忙说："不用了，我们一会儿就走了。"

月亮婆婆抚摸着膝盖，坚持说："客人来了，不喝一杯茶怎么行？"

秋月把月亮婆婆按回椅子上，说："我来泡茶吧。"

"你不知道我的茶叶放在哪里，而且……"月亮婆婆愣了一会儿才说，"家里好像没有热水。"

秋月说："我去烧水。"

月亮婆婆行动不便，举着一只手问："我的拐杖呢？"

火山把木棍子交给月亮婆婆，说："这根拐杖不太好。"

"还可以用。"月亮婆婆接过拐杖，如梦初醒般地说，"咦？刚才肥皂水不是被打翻了吗……我得去擦一擦……"

木头说："我把肥皂水擦干了。"

月亮婆婆连声道谢，又说："我的衣服还没有晾……"

晶晶指着窗外说："我把衣服晾在外面了。"

月亮婆婆叫道："这怎么行？你们是客人啊！"

王老师说："月亮婆婆，没关系的，他们都是乐于助人的好孩子，让他们帮忙也是应该的。"

火山说："我们把客厅也打扫干净了。"

"谢谢你们！谢谢你们！"月亮婆婆站起来鞠躬。

大家连忙说："不用，不用！"

木头觉得，她弯弯的身子已经像在鞠躬了，如果再低下去，头恐怕就要碰到地了。

秋月还没泡完茶，王老师就说："时候不早了，我们该回去了。"

他们向月亮婆婆告辞。

月亮婆婆说："下次再来，我做糕点给你们吃。"

他们一起走下石级。

王老师问大家："今天帮助月亮婆婆，你们觉得快乐吗？"

大家异口同声地说："很快乐！"

王老师说："今天，你们的付出很有价值，所以特别快乐。"

木头回头，看见月亮婆婆站在门口，便向月亮婆婆挥手。

月亮婆婆捂着嘴巴咳嗽。

"咯咯……咯咯……"咳嗽声清晰入耳。

最好吃的洋葱煎蛋

妈妈很紧张

妈妈晚上回到家时，晶晶已经躺在床上了。

今晚她比较累，一闭眼就睡着了，直到被开门声惊醒。

"宝贝，睡着了吗？"妈妈坐在床沿上。

晶晶嗅到一股医院的药水味。

"你去学华文，快乐吗？"妈妈又问。

"快乐啊。"晶晶迷迷糊糊地回答。

"代课的王老师好吗？"妈妈再抛出一个问题。

"好。"

"王老师教你们什么了？"妈妈又问。

晶晶说："王老师很奇怪。他教我们……付出，要付出，才会得到快乐。"

"什么？他要你们付出什么东西？"妈妈急了。

妈妈的紧张情绪让晶晶彻底清醒了。

晶晶说："付出……就是帮他做一些事情。"

"帮他做事？你帮他做了什么事？"妈妈抓住晶晶的手臂。

他们帮王老师做洋葱煎蛋，但是晶晶不想说出这件事。因为她要偷偷学会做洋葱煎蛋，给妈妈一个惊喜。

晶晶说："也不一定要帮他做事，也可以帮别人做事，就是说，要先付出，才能得到快乐。"

"你说，要做什么事？"妈妈一使劲，把晶晶的胳膊弄疼了。

看见妈妈那么严肃，晶晶再也不能含糊了。

妈妈很奇怪

晶晶只好说出今天帮助月亮婆婆的事。

晶晶刚说到秋月扶起月亮婆婆，就被妈妈打断了："你们不懂救护知识，别人跌倒受伤，不可以随便把人扶起来，知道吗？"

妈妈还说了一些专业术语，晶晶听不懂。

"知道吗？"

"知道了。"晶晶点点头。

"月亮婆婆的伤势如何？"妈妈发问。

"她没事，只是脚有点儿痛。"

"如果伤势严重，要叫她去医院。你们小孩子不要随便处理，知道吗？"

"知道了。"

"继续，说！"

晶晶说他们帮月亮婆婆打扫客厅，自己帮忙晾衣服。

"你会晾衣服？"妈妈吃惊极了。

"会，她家的晾衣架比较矮，不像咱们家的那么高。"

晶晶明白，因为月亮婆婆驼背，所以她家的晾衣架才会那么矮。

妈妈说："宝贝，你要记住，咱们家的衣服不需要你晾。家里花钱请 kakak，就应该让 kakak 做这些事情，知道吗？"

"知道了。"

kakak 是晶晶家的印尼女佣。

"你去上华文课，就学了这些？"

"我们为月亮婆婆付出，就真的得到了快乐。"晶晶肯定地说。

妈妈说："这不叫付出，这叫助人为快乐之本。他连这句话都不会，我看他的华文程度也很有限。"

"妈妈，我要睡了。"晶晶已经很困了。

"等一下，我要告诉你一件很重要的事。如果王老师要你付出，要碰你的身体，你千万不可以答应。"

晶晶不耐烦地说："我知道了啦。妈妈，你很奇怪。"

"抱你和吻你也不可以，知道吗？"妈妈亲吻她的脸颊，"宝贝，你记住就好。晚安。"

晶晶拉扯被子盖住脸，不想再回答妈妈。

洋葱和鸡蛋

晶晶向爸爸伸手："给我一个大洋葱和两个鸡蛋。"

爸爸问："你要用来做什么？"

晶晶蛮横地说："你别管！"

"好，不管，不管。"

爸爸把洋葱和鸡蛋放进一个塑料袋里，递给晶晶。

"谢谢爸爸。"晶晶接过塑料袋。

爸爸又问："要不要换一个更精美的袋子？"

"不用了。"晶晶急着出门。

晶晶懂礼貌

晶晶先去找秋月。

"可是……这么早就去？"秋月还穿着睡衣。

晶晶说："我们先去看看月亮婆婆。"

秋月扭头看看妈妈——金莲嫂。

金莲嫂说："你们去看看她老人家吧。"

秋月换好衣服，大喊："妈，我走了。"

金莲嫂从后门进来，手里握着两个鸡蛋，对秋月说："拿去给老人家吃。"

晶晶拎起塑料袋："不用了，我也准备了两个鸡蛋。"

金莲嫂对秋月说："你看，人家多懂礼貌，你什么都不懂。"

秋月不开心地噘起嘴巴。

有点儿过火

木头蹲在快乐学堂外面的椰子树下。

晶晶问他："你怎么这么早就来了？"

木头说："我担心自己又是最后一个到。"

晶晶说："我们现在要去月亮婆婆家。"

木头便跟着她们一起走了。

月亮婆婆坐在门口，膝盖上披着一块大毛巾，盖住她的脚。她看见三个小朋友来找她，笑眯了眼。

"吃了没有？"她大声问。

他们爬上石级，异口同声地回答："吃饱了。您呢？"

月亮婆婆说："我不饿。"

他们三人越过门槛，直接走入厨房。

月亮婆婆家用木柴烧饭，可灶台还是冷的。

晶晶问秋月："你会不会用灶台？"

秋月说："我会，我家就是用灶台烧鸡饭的。"

"烧鸡饭？"晶晶听得糊涂了。

秋月解释道："是烧给鸡吃的饭。"

晶晶对秋月说："我们来给她做早饭吧。"

木头问："要我帮忙吗？"

秋月说："你只需要坐在月亮婆婆旁边，陪她说说话。"

木头乖乖地走了出去。

57

秋月偷笑，然后对晶晶说："我洗米煮饭。"

晶晶说："我做洋葱煎蛋！以前你掌厨，我只是看。今天我掌厨，你教我。"

秋月放手让晶晶去做。

有些东西，看起来很容易，做起来却不简单。

秋月能用一只手打鸡蛋，可晶晶用了一双手，还是把两个蛋都捏碎了。

晶晶把蛋煎得有点儿煳。她把焦黑的部分掐掉，其余部分还是香喷喷的。

月亮婆婆流眼泪

晶晶走到门口，说："月亮婆婆，吃饭了。"

月亮婆婆坚称自己不饿。

晶晶劝道："不饿也要吃一点儿，我们做了饭给您吃。"

月亮婆婆感到为难，说："我稍后再吃。"

晶晶走上前说："走，我扶您进去吃。"

月亮婆婆推开晶晶，说："不用了。"

晶晶掀开月亮婆婆膝盖上的大毛巾，发现她的一个脚踝红肿得像一个大苹果。

"月亮婆婆，你的脚！"

"没事，没事。我还能走路。"月亮婆婆抓住拐杖，硬把自己撑起来。

晶晶和秋月连忙过来搀扶她。

月亮婆婆拖着一只脚走，那只红肿的脚一碰地，她的脸就皱成一团，好像被针扎了一样。

晶晶心疼地说："我妈妈说，伤势严重就应该去医院。"

月亮婆婆忍着痛楚说："你妈妈是医院的人，就帮医院讲话。我这点儿伤，不算什么！"

木头在这个时候悄悄溜走了。

她们让月亮婆婆坐在饭桌边。饭桌上有一碗白米饭，一盘洋葱煎蛋和一盘清炒苋菜。

月亮婆婆吃第一口洋葱煎蛋时，眼泪就流了下来。

晶晶问："月亮婆婆，您为什么哭？"

月亮婆婆用筷子指着洋葱煎蛋说："太好吃了。这是我吃过的最好吃的洋葱煎蛋。"

晶晶听了，眼睛也湿湿的。她想，如果妈妈在生日时吃到她做的洋葱煎蛋，应该也会落泪。

还差十分

木头和鱼头叔叔出现在厨房。

"鱼头，稀客呀！"月亮婆婆捧着饭碗说，"来，吃饭。"

鱼头叔叔不客气地坐下来，看着桌上的菜肴说："月亮婆婆，你好幸福啊！谁给你做的饭？"

月亮婆婆抬眼看晶晶和秋月，说："这两个可爱的小姑娘。"

晶晶说："我煎洋葱蛋，秋月炒苋菜。"

鱼头叔叔掐了一小块洋葱煎蛋放进嘴里，然后说："嗯，不错。想不到晶晶也有一手。"

月亮婆婆说："是啊！以后谁能娶她做媳妇，就太有福气了！"

木头在晶晶背后小声说："天天只吃洋葱煎蛋。"

晶晶气极，用手肘往后使劲一推，击中木头的肚子。

木头夸张地呼痛："哎哟！"

鱼头叔叔瞥了他一眼，说："老弟，这么不堪一击呀？"

听到爸爸叫儿子"老弟"，晶晶和秋月都笑了。

鱼头叔叔认真地对晶晶说："你的洋葱煎蛋，只能拿九十分。"

晶晶觉得九十分已经很好了。

鱼头叔叔从嘴里取出一小片蛋壳，说："还有十分在这里。"

晶晶觉得脸颊发烫，刚才她把蛋捏碎了，才会把蛋壳跟蛋一起煎。

月亮婆婆安慰她说："没关系，蛋壳也有营养，好吃。"

我们不嫌麻烦

月亮婆婆吃饱了。

秋月和晶晶帮她收拾盘碗。

月亮婆婆感叹道："我真幸运！儿子不在身边，却多了两个孙女。"

鱼头叔叔说："月亮婆婆，您吃饱了，该走了吧？"

月亮婆婆一头雾水，问："走哪儿去？"

鱼头叔叔说："我老弟叫我来带您去看医生，我等了老半天，您还不走？"

月亮婆婆板起面孔说："我不去！"

鱼头叔叔说："您的脚肿成这样，不看医生怎么会好？"

月亮婆婆固执地说："不好就不好，你别管我。"

鱼头叔叔说："您的脚不好，我可以不管，可是您这两个孙女不会不管。她们天天要来这里给您做饭，帮您打扫。如果您的脚能好起来，就不必麻烦人家了。"

月亮婆婆听了，如被责怪，委屈地流下两行眼泪。

她抬头对晶晶和秋月说："你们不用麻烦了，我自己能行。"

秋月说："您别这么说，我们一点儿都不嫌麻烦。"

晶晶也说："是啊，能帮您做饭，我可高兴了！"

晶晶说的是真心话，她能体会到付出带来的快乐。

木头在鱼头叔叔的肩膀拍一掌，说："你不会说话，都把月亮婆婆说哭了。"

鱼头叔叔反驳道："老弟，你很会说话？要是你能说服月亮婆婆去医院，那我就真的佩服你。"

大长今

木头靠在月亮婆婆身边，小声说："月亮婆婆，我们是真心关心您。要您去医院，是我们的一番好意，请不要生气。您就当作帮我一个忙，去医院吧。"

月亮婆婆把木头搂在怀里，说："不是我不帮你，而是我这条腿根本动不了。它一碰到地，就痛得要命。"

鱼头叔叔背向月亮婆婆，半蹲着说："上来吧，我背您下去。"

月亮婆婆犹豫不决。

"上去吧！上去吧！"

三个小朋友把她搀扶到鱼头叔叔背后。

月亮婆婆双手揽着鱼头叔叔的脖子，说："这……我不就变成大长今了？"

秋月问晶晶："什么是大长今？"

晶晶说："《大长今》是韩国的电视连续剧。戏中的男主角，就背着女主角趟过小溪。"

鱼头叔叔背着月亮婆婆走下石级。

月亮婆婆在他背后哼着《大长今》的主题曲："乌娜啦……乌娜啦……"

晶晶的要求

今天上课，王老师只说了一句："读书破万卷，下笔如有神。"便叫大家自己看书。

晶晶坐在火山旁边，悄悄向他描述在月亮婆婆家发生的事。

讲到月亮婆婆在鱼头叔叔背后唱歌时，火山不禁失笑。

火山埋怨道："这么精彩的剧情，你怎么不叫我来看！"

木头反驳道："谁叫你不早点儿到？"

火山生气地说："我爷爷慢手慢脚，一顿饭弄了老半天。"

"可是……"秋月批评他，"你也可以帮你爷爷呀！"

晶晶也说："是啊！你应该给你爷爷做饭。"

火山惭愧地说："我又不会做饭。"

晶晶说："不会就学呀！我都学会做洋葱煎蛋了。"

秋月说："学会做洋葱煎蛋，自然就会做韭菜煎蛋、豇豆煎蛋、苦瓜煎蛋……还有……"

这本来是阅读时间，他们却聊起天来。

王老师挺直身子问："你们不想读书了吗？"

晶晶举手说："老师，你给我们布置一点儿作业好吗？"

王老师惊讶地问："你们喜欢做作业？"

火山和木头齐声回答："不喜欢。"

王老师问晶晶："晶晶，你喜欢做作业？"

晶晶也回答："不喜欢。"

不会走路要学飞

王老师问："既然你不喜欢，为什么又叫我给你布置作业？"

晶晶诚实地说："我妈妈问我，你教了我们什么东西，我不知道该怎么回答。如果你给我们布展作业，我就可以向她交差了。"

王老师面露难色，说："其实，我大学毕业后，就一直在中学教书。我没有给小学生布置过作业，也不想让你们为做作业而做作业。林老师有没有给你们留过作业？"

火山说："林老师叫我们写日记。我们写了，只是还没有交给她。"

王老师说："很好。你们明天把日记交给我，我看看你们的华文水平，再给你们布置作业。"

木头说："老师，晶晶的妈妈大概也想知道你的水平。"

火山说："老师，不如你教我们中学的华文课程，让晶晶的妈妈知道你的厉害。"

王老师说："不行。你们还不会走路，就要学飞？"

火山反问道："为什么不行？我们鹩哥岛的鹩哥，还不会走路，就学会飞了。"

王老师低头沉思，捏着下巴不说话。

晶晶有慧根

王老师考虑了一会儿，终于抬起头说："这样吧。你们学过唐诗，那我就教你们一首宋词。"

王老师在白板上写下"宋词"两个字。

火山没听清楚，跟着读："寿司。"

木头低声说："是宋词，不是寿司。"

火山问："什么是宋词？"

"我不知道。"木头说，"这是中学的华文课程，跟你解释你也听不懂。"

火山不再吭声。

王老师解释道："宋词跟唐诗不一样，宋词的句子有长有短……算了，你们不会也不要紧，听听就好，不要勉强。

王老师在白板上写下：

一剪梅

李清照

红藕香残玉簟秋。轻解罗裳，独上兰舟。

云中谁寄锦书来？雁字回时，月满西楼。

花自飘零水自流。一种相思，两处闲愁。

此情无计可消除，才下眉头，却上心头。

晶晶顿时佩服得五体投地。

火山叹道："好厉害呀！晶晶，如果你回家背得出来，你妈妈一定会当场晕倒。"

晶晶盯着白板，记住八个字，然后转头对火山说："我会背了，你听……"

火山用怀疑的眼神看着晶晶。

晶晶闭起眼睛，朗声背出来："才下眉头，却上心头。"

王老师瞅着晶晶，说："晶晶，你有慧根，整首词就是这八个字写得最传神。"

晶晶感到尴尬。她并不知道这八个字最传神，只知道这八个字最简单，她都看得懂。

火山打趣道："晶晶，你爸爸总说，要学华文，才找得到根。你有慧根，你找到根了，恭喜你。"

晶晶不明白什么是慧根，也不明白爸爸说的根是什么根。

不过，她相信，王老师说她有慧根是一句赞美的话。

这足以让她高兴一整天了。

把伤心写出来

王老师逐字讲解李清照的这首《一剪梅》*。

晶晶不能完全理解。

木头也说：“好难哪！”

秋月认真地把这首宋词抄下来，还给一些字加上拼音。

王老师问大家：“读了李清照的《一剪梅》，你们有什么感想？”

秋月举手反问：“老师，你很喜欢这首词？”

王老师说：“非常喜欢，喜欢它的愁。”

“可是……”秋月说，“王老师，你说你不快乐，要来快乐学堂学习快乐。可是，你又喜欢哀愁的词……”

王老师愣住了。

秋月说：“对不起。王老师，我说错了。”

王老师说：“秋月，你说的一点儿也没错。我很惊讶，你小小的年纪，就这么有想法。李清照就是一直沉浸在忧愁中，她的愁才更加愁。”

秋月说：“要是她没有这么忧愁，你就不喜欢了？”

---

* 本文出现的《一剪梅》，指李清照所写的《一剪梅·红藕香残玉簟秋》。

　　王老师说："对，愁也有愁的美。或许李清照就是有太多愁需要宣泄，而写诗词就是宣泄忧愁的方法。如果我们能在伤心的时候把伤心写出来，也许就不会那么难受了。"

　　火山恍然大悟道："我明白了。我那天写日记的时候也很伤心，可写完日记就没有那么伤心了。"

　　王老师说："你的日记一定要给我看。"

　　晶晶这才想起，她的日记还没有写完。

　　她也想写伤心事，就是想不起来有什么事情令她特别伤心。

　　下课后，她跟秋月步行回家。

　　秋月边走边朗诵《一剪梅》。她的记性好，能把整首宋词一字不差地背完。

　　晶晶打从心底佩服她。

送拐杖给月亮婆婆

浇熄怒火

火山回到家里，回想起今天发生的事。

他很羡慕秋月、火山和晶晶——他们都有付出，所以都很快乐。

火山决定听取晶晶的意见，为爷爷付出。

如果爷爷下山回来后，看见自己准备好的晚餐，应该也会热泪盈眶吧。

火山见过妈妈煮米饭，便按照步骤做了起来。

米饭还没煮好，爷爷就回来了。

爷爷不习惯穿上衣，打着赤膊走回来。他的腰间别着一把砍柴刀，肩上挎着一个脏兮兮的布袋，手里拿着一根连根的瘦长树干。

火山迎上去，接过树干，说："爷爷，我煮了米饭。"

爷爷怀疑地问："你会煮饭？"

爷爷没有称赞他，反而质疑他，这让火山很失望。

火山生气地反问："这么简单的事，谁不会？"

火山把树干放进浴室再回到厨房。

爷爷从布袋里摸出一条蛇。

火山喊道："啊！你又要吃蛇？"

"你妈妈不在，我也不可以吃吗？"爷爷怒喝，"走开！"

妈妈不让爷爷吃野味，爷爷竟迁怒到火山身上。

火山带着一肚子委屈，悻悻地走进浴室。

他褪去衣服，站在花洒底下冲冷水澡，想用冷水浇熄心中的怒火。

自知理亏

火山洗完澡出来，就听见爷爷在厨房里自言自语、喋喋不休，便走了过去。

爷爷一见他就怒斥："你这叫做煮饭？你这个半生不熟的……"

火山不知道"半生不熟"是指什么，只知道爷爷肯定是在骂他。

他再也忍受不了，大声吼道："我做错什么事了？你要这样骂我……"

爷爷举起颤抖的手，指着电饭锅说："你自己看！"

火山掀开锅盖，蒸气冒出来，灼痛他的手。

米饭白白的，表面平整，只是被挖了一个窟窿。

火山说："米饭很香呀！"

爷爷喊道："你吃吃看！"

火山用勺子挖出一个小饭团放进嘴里——米饭很硬。

火山不解地问："为什么会这样？"

爷爷说："米没煮熟，你放的水太少了。你放了多少大米，多少水？"

火山说："两碗大米，一碗水。"

爷爷说："再加一碗水，搅一搅，再煮一次。"

火山自知理亏，不敢吭声，只能依照爷爷的指示去做。

爷爷语气平和地说："你放太多大米了，我们三天都吃不完。一杯大米就可以煮出两碗米饭，够我们两个人吃了。"

爷爷平时节衣缩食，自己浪费这么多大米，他一定很心疼。

"爷爷，对不起。"火山道歉。

爷爷说："算了，今天吃剩的米饭，明天炒来吃。隔夜的米饭，炒了最好吃。"

火山惊讶地问："爷爷，你会炒饭？"

爷爷说："我比你妈妈炒得好吃，她炒的饭没有香味。"

火山灵机一动，问道："爷爷，你可以教我炒饭吗？"

爷爷瞅着火山，笑眯眯地说："你真要学，我就教你。"

"谢谢爷爷。"

爷爷吩咐他："你先去拈香拜神吧。拜完神回来，就可以吃饭了。"

爸爸保佑

拜神是火山每天傍晚都要完成的任务。

他家要拜的神真多，屋前有天公和门神，客厅里有大伯公、地主爷和爸爸的灵位，厨房有灶神，屋后有后尾公。*

每个神位，火山都得拜三下，然后插上一支香。

以前，拜神是妈妈的事，可妈妈交上男朋友后，也改了信仰，就不再拈香了。爷爷为此跟她结结实实地吵了一架。

那是他家的"大地震"，妈妈当时气得搬到宿舍住。

后来为了照顾火山，她还是每天回来做饭。

妈妈和男朋友登记结婚后，火山就有了新爸爸。但火山不肯叫他新爸爸，妈妈很生气，爷爷却很高兴。

有爷爷撑腰，火山的立场更坚定了。

他祭拜爸爸的灵位时总会说："爸爸，保佑爷爷，保佑我。"妈妈改嫁了，他不确定爸爸还要不要保佑妈妈。

火山拜完神，爷爷喊他过去吃饭。

爷爷把一个铁锅端上桌子，火山盛了两碗米饭。

今天他们的唯一一道菜肴，就是这一锅蛇羹。

蛇羹上面浮着两个蛋，应该是最后才加进去的。

爷爷拿一个小碗，把两个蛋都盛给火山，火山食欲大振。

爷爷说："你不要只吃蛋，要多吃蛇羹。我吃了蛇羹，不再怕蛇，蛇反而怕我。"

蛇羹并不好吃，带着一股腥味。

---

* 天门公、门神、地主爷、大佰公、灶神、后尾公，均为马来西亚华人信奉的神灵。

为了让爷爷高兴，火山吃了很多口蛇羹。

爷爷趁机批评妈妈："你妈妈就是无知、不识货，才不让我们吃蛇羹。这是好东西，是不是？"

"是，是。"火山心口不一。

第二代炒饭高手

爷爷是炒饭高手。

早上，爷爷告诉火山炒饭的秘诀：先用蒜头炝锅，把蒜头用油炒至金黄色，再用笊篱把蒜头捞起来，最后把鸡蛋和米饭放进锅里炒。

爷爷仍旧不忘批评妈妈："你妈妈就是没有先把油炒香，所以炒出来的饭没有香味，不好吃。"

火山说出他的计划："你先教我炒饭，然后我带一些米饭去月亮婆婆家炒给她吃，可以吗？"

"当然可以！"爷爷大力支持，"月亮婆婆很可怜，儿女不在身边，她一个人住，没有人照顾。无论她有什么需要，我们都要尽量帮助她。"

"谢谢爷爷！爷爷，你真是一个好人！"

"我当然是好人！"爷爷接着说，"其实，也不用那么麻烦。我炒了饭，你拿去给她吃就可以了。"

"不一样！爷爷，我要学会你的本领，让她看见我炒饭。"

火山自信满满地说。

爷爷哈哈大笑："你就是要炫耀！"

火山不是要炫耀，而是为了付出。

爷爷先示范给火山看，然后握着火山的手炒了第二碗饭。

火山觉得自己炒的饭太好吃了！

他已经获得爷爷的真传，成为第二代炒饭高手。

需要就拿去

爷爷吃饱后要上山去。

火山站在门口问："我除了要拿米饭去，还要拿鸡蛋……蒜头……葱……还有……"

爷爷不耐烦地说："好啦好啦，需要什么就拿什么去，不用再问我了。"

"谢谢爷爷。"

火山拿了一个纸袋，把所需食材放进去。

他想提前去月亮婆婆家，免得被晶晶她们抢了先机。

临出门前，他瞥见墙角的瓮里插着几根硬木枝干和几条树根。硬木枝干可以当拐杖，树根则能做药。

火山忽然想到，万一月亮婆婆的那根快腐朽的棍子折断了，她再从石级上滚下来，很可能会丧命。

于是，他挑选了一根褐色的拐杖，打算送给月亮婆婆。

付出后的快乐

火山一手拿拐杖，一手拎纸袋，爬上石级。

阿旺看见拐杖，以为火山要打它，对着火山狂吠。

月亮婆婆走到门边，看见火山，喝斥阿旺："你别吵！"

阿旺听得懂人话，真的不吠了。

火山把拐杖送给月亮婆婆。

月亮婆婆摸着拐杖说："这拐杖真漂亮！这是你爷爷上山砍的吧？你拿来送给我，你爷爷知道吗？"

火山说："爷爷很高兴。"

月亮婆婆热泪盈眶地说："真谢谢你们。你爷爷、你爸爸、还有你，都对我这么好。"

"我爸爸也对您好？"这是火山不知道的。

"你爸爸和我儿子是好朋友，他常来我家，对我很好。"

现在火山也能为月亮婆婆付出了，爸爸的在天之灵一定很欣慰。

月亮婆婆昨天看了医生，今天脚就消肿了，她拄着拐杖，在客厅里走来走去，连连赞叹："这根拐杖，可真适合我呢。"

火山觉得很快乐，他做了对的事情，他学会了付出。

王老师说的没错，付出就会得到快乐。

有黄有白有黑

火山说："我还要炒饭给您吃呢。"

"你会炒饭？"月亮婆婆走向厨房。

火山说："月亮婆婆，您坐着，等我炒好饭，再来叫您。"

月亮婆婆留在客厅里。

火山在厨房炒饭。他先热锅，再下油，一切顺利；然后把蒜头洗干净，放入油锅，热油飞溅出来！

"哎哟！"他的手臂被热油烫伤了，痛得直叫。

他忍着痛，怕惊动月亮婆婆。

月亮婆婆耳背，没有听见他的叫声。

蒜头炒至金黄色，该捞起来了。

然而，火山找不到笊篱。

月亮婆婆的厨房里没有笊篱！

火山只能眼睁睁看着蒜头被炸成黑色。

没关系，应该一样好吃。

火山把搅拌好的蛋液倒进锅里，再倒入隔夜的米饭。

更糟糕的是，火山还没把饭炒均匀，蛋就变得焦黑了。

他赶快熄了火，看着那锅炒饭。

"好了吗？我嗅到香味了。"月亮婆婆在客厅问。

火山说："月亮婆婆，您坐着不要动，我马上端过去。"

月亮婆婆说："我食量小，你给我一小碗就够了。"

锅里的蛋炒饭跟爷爷做的不一样：爷爷的炒饭，每颗饭粒都是"金包银"，金黄金黄的；火山的炒饭，黄的黄，白的白，黑的黑。

他挑选一些比较好看的盛在碗里，捧到客厅。

消灭炒饭

火山回到厨房，看着剩下的炒饭，愁眉不展。

万一晶晶她们来了，岂不是给她们看笑话？

火山决定把剩下的炒饭都吃了。

他舀一口炒饭，放进嘴里——实在是难以入口。

他忘记加盐了，炒饭淡而无味，焦黑的部分是苦的。

这时，阿旺走了过来——救星来了。

火山把剩下的炒饭盛进碗里，要拿给阿旺吃。

阿旺走到后门边，用头拱着一个铁盘，发出"哐啷"声。

他把炒饭倒入铁盘里。

阿旺猛摇尾巴，吃得津津有味。

火山等阿旺把铁盘舔干净，才去客厅看望月亮婆婆。

月亮婆婆捧着碗，边吃边说："好吃！好吃！"

有意义的事

今天只有火山一个人上来找月亮婆婆。

吃完饭后，他帮忙收拾，洗碗刷锅。

月亮婆婆连连道谢。

火山觉得自己做了件有意义的事。

上课时间到了，他向月亮婆婆道别。

月亮婆婆说："今天有新拐杖，我也下去看看吧。"

火山不放心让月亮婆婆自己走下石级，便在一旁搀扶着她。

阿旺跟在火山旁边。它吃了火山的饭，就把火山当主人了。

月亮婆婆弓着身体，头往下低，看见了火山的手臂。

"你的手被烫伤了？起了水泡？"

火山立即把那只手缩起来，说："没事，没事。"

"是不是刚才被油烫到的？"

火山不敢隐瞒。

月亮婆婆心疼地说："以后你就别给我炒饭了。"

火山坚持说："月亮婆婆，这次蛋炒饭我没做好。等我以后把功夫学好，一定再给您做一次。"

"不要这样，你被油烫伤，我看了会心疼。"月亮婆婆说完，剧烈地咳嗽起来。

阿旺也跟着吠了几声。

火山扶着月亮婆婆歇了一会儿，等她不咳了，才继续往下走。

学无先后

月亮婆婆走得慢，他们花了很长的时间才走到快乐学堂。

月亮婆婆在门口喊了一声："打扰了！"

王老师迎出来，其他人也站起来，大家不约而同地说："月亮婆婆，欢迎欢迎！"

月亮婆婆走进快乐学堂。

阿旺要跟着进去。

火山阻止它："Stop（停）！"

阿旺停住脚步。

火山又对它喊："Sit down（坐下）！"

阿旺乖乖坐下。

月亮婆婆问王老师："我已经七十多岁了，你还愿意收我这个学生吗？"

王老师说："我哪里敢？我还期待您给我们指教呢。"

月亮婆婆说："不，以前好像有一句话，什么学无先后……什么……什么……唉，到底是什么？"

王老师说："那是一句谚语，学无先后，达者为师。"

火山很佩服王老师，无论提出什么问题，他都能对答如流。

月亮婆婆说："达者为师，你比我厉害，就可以做我的老师。我今天就想在这里上一堂课，可以吗？"

"当然可以。"王老师说，"我们一起学习。我每天都在这里和小朋友一起学习。请坐，请坐。"

你的付出是我的快乐

月亮婆婆坐在秋月旁边。

火山坐在月亮婆婆的另一边，帮她保管拐杖。

"王老师客气了。"月亮婆婆说，"是小朋友跟你学习，不是你跟小朋友一起学习。"

晶晶解释道："月亮婆婆，是王老师跟我们一起学习。王老师不快乐，我们在一起学习快乐。"

王老师表情古怪，似乎有些尴尬。

月亮婆婆说："这就奇了！快乐也能学习？如果真的可以，我也要学习快乐。你说说看，怎样才能得到快乐？"

晶晶说："只要你愿意付出，就能得到快乐。"

月亮婆婆问："要做什么才算付出？"

晶晶说："昨天我做洋葱煎蛋给您吃，就是我的付出。"

月亮婆婆说："对呀！是你的付出。你的付出，让我很快乐。可这又不是你的快乐。"

晶晶说："我也很快乐。真的，月亮婆婆，我很快乐。"

月亮婆婆说："那是因为你煎的洋葱蛋很好吃，所以你快乐。今天，火山为我付出，但他就不快乐。"

火山感到惭愧——他的炒饭并不好吃。

不过，能为月亮婆婆付出，他还是感到快乐。

没有以后了

火山不想继续讨论炒饭的事。

晶晶偏要追问："月亮婆婆，火山付出什么了？"

月亮婆婆说："他炒饭给我吃。"

木头感到诧异，问火山，"你会炒饭？"

火山小声回答道："简单的事，谁不会？"

晶晶不顾情面地问："是不是他炒的饭不好吃？"

月亮婆婆辩解道："不不，他炒的饭很好吃，香喷喷的。"

火山知道月亮婆婆没说真话，是给他面子。

晶晶又问："既然他付出了，又为什么不快乐？"

火山觉得晶晶的问题太多了。

月亮婆婆说："那是因为他被烫伤了。"

火山把手臂藏在桌子下面。

王老师走过来，问火山："你伤到哪里了？"

月亮婆婆拉出火山的手臂给王老师看。

其他同学也围过来看。

晶晶说:"起泡了。"

秋月问:"痛不痛?"

火山说:"不痛。"

王老师从急救箱里拿出药膏替火山搽药,说:"以后要小心一点儿。"

"没有以后了!"月亮婆婆说,"以后你们谁也别来给我做饭,厨房很危险,我怕发生什么意外,我会心痛。"

秋月说:"我也会帮妈妈做饭,月亮婆婆,让我帮您吧。"

木头说:"他们都给您做过饭,我还没有做过呢。月亮婆婆,让我做一次吧。"

火山说:"月亮婆婆,被油烫到不要紧的。我不怕,我还敢给您做饭。"

付出要有限度

人家说,老人家比较固执。

月亮婆婆就是固执。无论大家如何求她,她都不答应。

她说:"你们的好意我心领了。你们帮我做饭,我自然高兴,可是你们并不知道我想吃的是什么。我年纪大了,吃得清淡,每天只吃白粥和青菜。"

秋月说："您想吃白粥和青菜，我们也可以做给您吃。"

月亮婆婆说："不，我自己会做，这并不麻烦。付出也是有限度的，伤害到自己就不好了。"

晶晶说："月亮婆婆，您不让我们做饭，我们就没有付出，也不会得到快乐……"

月亮婆婆说："你们要为我付出，不一定要做饭给我吃。你们有空的时候，来看看我，陪我说说话，我也会很快乐。"

"说得好！"王老师给月亮婆婆鼓掌。

同学们也跟着鼓掌。

月亮婆婆莫明其妙地问："我随口说说，也算说得好？"

第七章
秋月

为了爱而付出

三个重点

今天，月亮婆婆来快乐学堂上课。

月亮婆婆虽然书读不多，说的话却很有学问。

王老师称赞月亮婆婆说得好："月亮婆婆指出了我们在付出的时候，必须注意的三个重点……"

月亮婆婆害羞地说："王老师过奖了。"

"月亮婆婆说了哪三个重点呢？现在我来考一考同学们……"王老师分给每个同学一张纸条，"把重点写出来。"

秋月写出两个重点：付出是有限度的，不能伤害自己或让自己受伤害；付出时，要知道对方的需要，不然就没有意义了。

晶晶写出了一个重点：付出是有限度的。

火山则写道：付出时，伤害自己就不好了。

木头也写出一个：付出的东西不一定是看得到的，说说话也算付出。

王老师高兴地说："太好了！你们把三个重点都写出来了。"

他在白板上写下总结：

一、付出是有限度的，不能因付出而受到伤害。

二、付出要符合对方的需求，不要做无谓的付出。

三、付出的不一定是物质，也可以是精神上的
支持。

月亮婆婆说："王老师，你太厉害了，我随便说的几句话，
却被你讲出了大道理。"

王老师说："月亮婆婆，您不用客气，以您的生活经验，
足以教导我们很多东西。"

月亮婆婆说："这倒是，我吃的盐比你们吃的饭都多。"

王老师对同学们说："月亮婆婆提出来的三个要点，你们
同意吗？有意见的话，可以提出来讨论。"

为了爱

秋月对这三个要点存有疑惑，她鼓起勇气举手说："我有
问题。如果一个渔民为了家人的生活费出海捕鱼，算不算付
出？"

王老师回答："当然是付出。"

"可是出海捕鱼会让自己受到伤害，这种付出就不应该
吗？"秋月说到最后，语带哽咽。

月亮婆婆坐在秋月旁边，伸手揽着她问："想念爸爸了？"

秋月在月亮婆婆的怀里哭了起来。

王老师等秋月的情绪平复后，才说："我们今天讨论的是，为了得到快乐而付出。你爸爸的付出并不是为了得到快乐。"

秋月问："那是为了什么？"

王老师严肃地说："为了爱。爱的力量很大，足以让人付出更多。为得到快乐而付出是有限度的，为爱而付出是没有限度的，甚至可以牺牲生命。"

秋月终于释然了，爸爸付出了生命，是因为爱她和妈妈。

月亮婆婆说："对！梁山伯为了爱……爱……咯咯……"

月亮婆婆抚着胸口咳嗽。

秋月问："月亮婆婆，您没事吧？"

月亮婆婆捂着嘴巴，含混地说："我该走了。"

她扶着椅子站起来，火山把拐杖交给她。

秋月搀扶着月亮婆婆说："王老师，我送月亮婆婆回去。"

王老师同意了："谢谢月亮婆婆，欢迎再来。"

其他三个同学也说："谢谢月亮婆婆，欢迎再来。"

月亮婆婆说不出话，只是不停地咳嗽："咯咯……"

美女咯血

秋月扶着月亮婆婆爬上石级。

月亮婆婆每走几步，就要停下来猛咳一阵。

阿旺也跟着狂吠几声。

有一次，她咳得上气不接下气，好像有痰哽塞在喉间。

秋月赶快摸出手帕，让她把痰吐在手帕上。

月亮婆婆推开秋月，说："这样会弄脏你的手帕呀！我把痰吐在地上就好了。"

秋月只知道，老师说过，不要随地吐痰。

月亮婆婆又说："秋月，你先下去吧。我一个人能行。"

"可是……"秋月说，"月亮婆婆，我不放心，您还是让我扶您上去吧。"

月亮婆婆把头别过去："我怕把病传染给你！你别靠我太近。"

秋月说："我不怕，我身体强壮。"

月亮婆婆说："你千万别这么说。这病菌很厉害，咳得我胸口疼痛。"

秋月刚要把手帕折起来，竟发现痰里有猩红的血丝。

"月亮婆婆，您咳出血了。"

"没事，没事。"月亮婆婆调皮一笑，"我就像林黛玉。"

"谁是林黛玉？"秋月不明白。

"林黛玉是美女，美女都会咳嗽，美女咳嗽都会咯血。"月亮婆婆用戏谑的语气说道，也不知是真是假。

真实最重要

秋月送月亮婆婆进家门后，便回快乐学堂去了。

她走进大门时，王老师正拿着她的日记簿。

王老师说："秋月，你来得正好，我刚要谈你写的日记。"

晶晶插嘴道："说到草草，草草就到。"

王老师问她："是谁教你这句话的？"

晶晶骄傲地说："我爸爸教的。"

王老师在白板上写下"曹操"两个字，再加上拼音字母，说："应该是，说到曹操，曹操就到。"

晶晶涨红着脸，说："我爸爸教错了。"

王老师说："他没有教错。老一辈的人，发音跟我们不一样。现在我们有规范的发音，来，跟我念……"

同学们都跟着念："说到曹操，曹操就到。"

王老师说："好。说到秋月的日记，她的文字功底最好。一篇日记中，没有半个错别字……"

秋月心想，那是当然的。

每次写到不确定的字时，她都会查词典，确保没写错。

王老师继续说："她的文笔通顺，几乎没有缺点……"

秋月很高兴，她写完后会仔细读一遍，觉得不通顺的地方，会擦掉重写。

"她还用了一些优美的文字……"

那是林老师教的，写作要用优美的文字。她看书时，觉得哪一行文字优美，就会抄在笔记本上，以供参考。

"不过……"

还有"不过"？秋月感到吃惊。

"我认为那些优美的文字，不一定能表达她的真实想法。没有把最真实的生活和感受记录下来，就失去了写日记的意义。"

秋月听到这段话，不是很高兴。

王老师把日记簿还给她。

她还是礼貌地说："谢谢王老师。"

王老师说："现在我们看最后一本，火山的日记簿。"

火山夸张地捂着脸说："哎呀！我怕呀！"

秋月翻开日记，看见自己写过的句子：

　　妈妈慈祥的脸庞，展开温柔的笑靥，让我感到
无比的温馨。

她觉得肉麻，不由得打了一个冷战。

对于这样的句子，林老师会给她画一个星星。

王老师却说，这是不真实的。

秋月承认，这是不真实的。

自从爸爸去世后，妈妈就很少有笑容了，整天冷冰冰的，

说话也很直白，秋月从来没有感受过温馨。

她只是为了使用那些华丽的辞藻，才写出这样的句子。

这时，王老师又提到秋月的名字。

"火山跟秋月的差别在于真实。尽管他用拼音来代替不会写的字，尽管写错很多字，但写日记最重要的就是记录事实，不过……"

他也有"不过"。

"火山最后不应该写'林老师，你说是不是？'。"

全班哄堂大笑。

王老师说："日记是写给自己看的。"

火山辩驳道："老师也要看。"

"如果你要写给老师看，就不是写日记，而是写什么？"

没有人能回答。

秋月也不明白王老师的问题。

写信也是付出

王老师点名提问："秋月，你知道答案吗？"

秋月小声地说："不知道。"

"那你还记得李清照的《一剪梅》吗？"

秋月点点头。

王老师问："会不会背？"

秋月一字不差地背了出来。

王老师带头鼓掌，其他同学跟着鼓掌。

秋月十分高兴，却不敢表露出来。

王老师又问："'云中谁寄锦书来'的'锦书'是什么意思？"

秋月本要回答，又临阵退缩。她想把机会留给别人，可别人都不会。

王老师很厉害，看得出秋月知道答案："秋月，你说。"

秋月回答道："信。"

王老师说："答对了。古文中，'锦书'大多指妻子写给丈夫的表达思念之情的书信，有时也指丈夫写给妻子的情书。李清照在《一剪梅》里表达她很想收到什么？"

"信。"大家都知道答案了。

"你们有没有收过信？"

"没有。"

"你们想不想收到信？"

"想。"

王老师说："那么，我给你们布置的作业就是写信。每个人写一封信。"

火山问："写给谁？"

王老师说："就在你们四个人当中，每人都要写信给另一个人。你们抽签决定谁给谁写信。"

王老师拿出四张纸条发给四个同学。

他们各自把名字写在纸条上。

王老师把四张纸条搓揉成四个纸团，同学们各自抽出一个纸团。

秋月抽到写有木头名字的纸团，她必须写信给木头。

王老师说："写信的时候，只能说对方的好，不能说对方的坏，当然也能说其他事情，所有内容必须是真实的。只有这样，收信人才会高兴，也会感受到你的诚意。"

秋月问："写信算不算一种付出？"

王老师说："写信也算付出，写信的人会快乐，收信的人也会快乐。这样的付出，符合月亮婆婆提出的三个要点吗？"

木头看着白板说："这样的付出是有限度的，不会伤害自己。"

晶晶抢着说："这样的付出也符合对方的需求，我们都想收到信。"

火山也说："这样的付出是精神上的，不是物质上的。"

王老师说："都答对了！"

秋月觉得王老师很厉害，写信既可以学习华文，也可以得到快乐。

一盆冷水

晶晶家离医院不远。

放学后，秋月先陪晶晶走回家，然后去医院。

医院有四座建筑物，最小的那座是洗肾中心。

秋月去洗肾中心看她妈妈，她怕妈妈洗肾的时候会睡着。

妈妈洗肾需要花四个小时，躺在病床上很容易打盹。

秋月踏进洗肾中心，听到的都是马来话。妈妈的马来话说得不流利，无法跟别人聊天。

洗肾中心有四台洗肾机，每台洗肾机旁有一张病床。

四个洗肾的病人中，只有妈妈一个华人。

妈妈斜躺在病床上，眯着眼睛。

秋月跟里面的护士打了招呼，然后在妈妈身边的凳子上坐下。

"妈妈！"秋月轻声呼唤。

妈妈睁开眼睛，冷冷地问："你来做什么？"

秋月犹如被浇了一盆冷水。

妈妈说话就是这个样子。

秋月沉默。

妈妈又闭起眼睛。

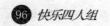

米西阿姨关心的事

"秋月！你来看你妈妈了？"米西阿姨走了进来。

米西阿姨是晶晶的妈妈，她是护士长，偶尔会到洗肾中心。

"米西阿姨，你好！"秋月有礼貌地站起来打招呼。

妈妈睁开眼睛，说："钟太太，你好！"

米西阿姨对妈妈说："你看，秋月多孝顺，来这里照顾你。"

妈妈说："这里有你们，我不需要她照顾。"

米西阿姨转头问秋月："今天你去上华文课了吗？"

秋月说："我刚刚上完课回来。"

米西阿姨问："你们的新老师……王老师好吗？"

秋月说："王老师很好。"

米西阿姨问："他有没有认真教你们华文？"

秋月说："王老师很认真地教我们华文。"

米西阿姨问："你学到了什么？"

秋月说："学了《一剪梅》。"

米西阿姨问："《一剪梅》？费玉清唱的歌？"

秋月说："《一剪梅》是一首宋词，李清照写的。"

米西阿姨问："宋词？你会背吗？"

秋月立即背诵起《一剪梅》。

米西阿姨拍手说："真厉害！我家晶晶就没有你这么厉害。"

秋月说：“晶晶也会背。”

“真的吗？”米西阿姨高兴极了，“我回家要考考她。”

有细菌

米西阿姨跟洗肾中心的护士交代了几句话，拿起一个文件夹，就要离开。

秋月喊住了她：“米西阿姨，请等一下。”

米西阿姨在门边停下脚步：“秋月，什么事？”

秋月说：“我有问题想请教你。”

妈妈骂秋月：“钟太太很忙，你不要烦她。”

“很快的。”她跑到米西阿姨身边。

米西阿姨说：“咱们边走边谈吧。”

秋月说：“月亮婆婆今天一直在咳嗽。”

“哦。”米西阿姨不当一回事。

秋月摸出手帕，说：“你看，她咳出来的痰，有血。”

手帕上的红色血丝已经消失，只剩下褐色的污迹。

“你怎么把她的痰收起来了？脏死了！有细菌呢！”米西阿姨拉着秋月的手臂，“来，你跟我来。”

她们进入一个房间，里面有很多医疗器材。

米西阿姨用脚一踩，一个铁桶打开了。

“把手帕丢进去。”

秋月不舍，最后还是把手帕扔进了铁桶里。

十个口罩

米西阿姨把秋月拉到一个洗手盆旁："用洗手液洗手消毒。"

秋月照做。

米西阿姨怕秋月洗不干净，还用了杀菌洗手液，帮秋月搓手。

秋月感到背后来自米西阿姨的体温。

米西阿姨在她耳边说："月亮婆婆咳嗽又咯血，有可能是得了肺结核。鹩哥岛上已经有三个外劳染上肺结核了。肺结核是会传染的，你们要小心。"

秋月沉默不语，担心自己会被传染。

"你怎么会拿到她咳出的痰？"米西阿姨拿纸巾让秋月把手擦干。

"我送她回家时，她一直在咳嗽。我怕她随地吐痰，才拿手帕捂住她的嘴巴。"秋月如实回答。

"你送她回家？她去了哪里？"

"她去了我们的快乐学堂。"

"她去快乐学堂做什么？"

"她要去当学生。"

"她都七老八十了，还当小学生？返老还童吗？"

"月亮婆婆说了一些很有道理的话，我们也要向她学习。"

"她在快乐学堂里，有没有咳嗽？"

"月亮婆婆因为咳嗽得厉害，才要回家。"

"她在那里咳嗽，不怕传染给你们吗？她明天还会去快乐学堂吗？"米西阿姨紧张地问。

秋月只知道，米西阿姨担心晶晶会被传染。

"我不知道。"

"不行，你等一下。"米西阿姨说完就离开了。

秋月不知道米西阿姨葫芦里卖的什么药，只好站着等。

米西阿姨回来时，手里拿着一个塑料袋。"这里有十个口罩，你拿去放在快乐学堂里。如果月亮婆婆来，你们都要戴口罩，也拿一个口罩给她戴，知道吗？"

"知道了。"秋月接过塑料袋。

秋月离开前，米西阿姨又嘱咐道："如果你明天见到月亮婆婆，一定要叫她来医院检查。如果是肺结核，那可不是开玩笑的。"

"好的。"秋月转身离开房间。

米西阿姨又追上来说："明天你去找月亮婆婆，记得先戴口罩。"

秋月感到奇怪，她明天并没打算去找月亮婆婆，米西阿姨为什么要说这些？

马爷爷闹礼品店

快乐不起来

木头坐在爸爸的餐厅里，对着一张白纸发呆。

爸爸问他："老弟，你在发什么呆？"

木头说："写信。"

"写信？写给谁呀？"

"写给火山。"

爸爸好奇地问："你和火山天天见面，还要写信给他？"

木头说："这就是问题了。我跟他什么话都讲完了，没有什么好写的。"

"那么，为什么还要写信给他？"

"我不知道。"木头说，"王老师叫我写的。"

"王老师脑袋有问题。"

木头立即为王老师辩护："老兄，你不能这么讲。王老师叫我写信给火山，是很有意义的。我没有写过信，火山也没有收过信。我写信，我付出，我会快乐，火山也会快乐。"

"好，好。"爸爸耸耸肩，"那你就慢慢写，慢慢快乐吧。我煮绿豆汤给你喝。"

然而，木头写不出来，也快乐不起来。

他想，月亮婆婆的三个重点还不够，应该多加一个：要是没有东西付出，就不用付出。

褐色拐杖

隔壁礼品店传来吵架的声音。

马爷爷和吉蒂阿姨在吵架。

木头不想凑热闹，他一直在想怎么写信给火山。

吉蒂阿姨忽然跑过来喊爸爸："鱼头，你过来评评理。"

爸爸慢慢走过去："什么事？"

吉蒂阿姨指着店内问道："我这个橱里是不是有三根拐杖？"

爸爸走到店门口，说："是啊！"

马爷爷气呼呼地说："现在当然有！其中一根是我的。"

吉蒂阿姨问爸爸："鱼头，你说，以前橱里有没有三根拐杖？"

爸爸说："以前？我不知道。你店里有那么多东西，我哪知道？"

木头大声说："有！以前我见过，的确有三根拐杖。"

马爷爷生气地骂道："大人说话，小孩子别插嘴！"

吉蒂阿姨说："小孩子的眼睛最灵，记性又好，木头说有，就有。木头，你说是不是？"

爸爸对木头说："老弟，你可别乱说话。"

木头说："哦，我不知道。"

马爷爷问道："木头，你说你看过橱里的拐杖，那你现在告诉我，橱里的拐杖是什么颜色的？"

木头坐在餐厅里看不见隔壁的玻璃橱窗，但是他记得拐杖的颜色。

木头镇定地说："褐色、红色、黑色。"

马爷爷脸色一沉。

吉蒂阿姨拍手喊道："对！小孩子的记性就是好！"

马爷爷又问："木头，褐色的拐杖放在左边还是右边？"

木头回忆道："褐色在左边，红色在中间，黑色在右边。"

吉蒂阿姨握拳喊道："全中！"

马爷爷脸色铁青，想了想又说："不对，以前是以前，现在是现在。以前的褐色拐杖你卖出去了，现在的褐色拐杖是我的，我认得出来。"

吉蒂阿姨莫名其妙地问："卖出去？卖给谁呀？现在都没有游客，我卖给谁？"

马爷爷固执地说："我怎么知道你卖给谁？总之，那根褐色拐杖是我的，你还给我。"

吉蒂阿姨叉腰说："我就是不还！你有什么证据说它是你的？你去报警啊！去呀！"

马爷爷指着路对面的拿督公神龛说："要不然你向拿督公发誓，说你没有偷我的褐色拐杖，说那根褐色拐杖不是我的！"

吉蒂阿姨大笑道："我又不信你的神，为什么要发誓？"

马爷爷怒气冲冲地走到拿督公神龛前跪下，磕了三个头，指着天说："我的褐色拐杖不见了，要是谁偷了或者收藏了我的褐色拐杖，并且在七天之内没有归还给我的话，就请拿督公收回他的命。"

吉蒂阿姨扭着腰说："与我无关，我才不怕！"

马爷爷伏在地上，呜呜地哭了起来。

天色阴霾，风呼呼地吹，马爷爷的哭声显得更凄凉了。

东革阿里

爸爸搀扶着马爷爷进了餐厅，让他坐下。

木头怕被马爷爷骂，低头写信，却只写下"火山"两个字。

爸爸分别端了一碗绿豆汤给木头和马爷爷。

"马爷爷，喝绿豆汤，去去火。"

马爷爷红着眼睛说："我也不是不讲理的人，她店里的褐色拐杖就是我丢失的那根。"

爸爸问："那根褐色拐杖很值钱吗？"

马爷爷说："它是用东革阿里的树干做的，当然值钱。那根拐杖长得特别好，顶端弯曲，杖身笔直。谁知道……唉！"

木头忽然想起今天月亮婆婆拄着拐杖来快乐学堂，那根拐杖也是褐色的，顶端弯曲，杖身笔直。

会不会是火山偷了马爷爷的拐杖送给月亮婆婆？

要不要告诉马爷爷？

不行，火山可能会被他爷爷打死……

爸爸说："马爷爷，算了吧。钱丢了，还可以再赚回来。况且，你的儿媳妇是老师，一个月能赚好几千块。"

"你说火山的妈妈？"马爷爷气得拍桌子，"她哪里会给我钱？她都改嫁了，不算我的儿媳妇。要不是为了火山，她都不会回来。如果有一天她跟新丈夫有了孩子，我看她根本不会搭理火山。"

木头想起自己的妈妈离开后也不再回来。

但是他觉得自己比火山幸运，他至少还有爸爸。

火山只有年老的爷爷。

爸爸也付出

爸爸试图安慰马爷爷："那你也不用太伤心，可能你明天上山去，又能找到一棵东革阿里。"

"你以为那么容易呀？"马爷爷摇头叹息，"现在可不比从前，看得见的东革阿里早被人挖走了。别说老树，连小树都难找。"

爸爸问："你怎么认得出东革阿里？"

马爷爷说："我认得它的树啊！它的树也不算高，只有树干，几乎没有枝杈，上面的树冠像雨伞一样。隔壁偷拐杖的店铺里，就挂着一张东革阿里树的照片，你过去看看就知道了。"

爸爸又问："听说东革阿里树浑身都是宝，树叶、树枝、树干都可以卖钱？"

马爷爷回答道："我只知道树干可以当拐杖，树根可以当药材，都很值钱。"

爸爸问："听说东革阿里树根有真有假，怎么辨别？"

马爷爷说："刮一点儿木屑出来，放进嘴里咀嚼，如果味道极苦，就是东革阿里了。"

爸爸说："马爷爷，你真有学问，我什么都不知道。"

马爷爷说："隔行如隔山，我也不知道咖喱鱼头怎么做。"

爸爸说："对了，我今天做的咖喱鱼头还不错，我给你带一些回去吃。"

马爷爷说："不行，你是做生意的。我得给你钱。"

"你今天丢失了珍贵的东西，我哪里还敢要你的钱？我只是希望你吃到好东西，能得到安慰，不会那么伤心。"

爸爸包好咖喱鱼头，马爷爷还是坚持要付钱。

"多少钱？你说，我给你。"

"快下大雨了，你还不快回去？"爸爸把马爷爷推走。

木头发现，爸爸也在付出。

要写什么？

马爷爷走后不久，雨就哗啦啦地倾盆而下。

木头终于想到要怎么写信给火山了。

他怀疑火山偷了马爷爷的拐杖送给月亮婆婆。

他想问清实情。如果真是这样的话，他要劝火山向马爷爷认错，把拐杖还给马爷爷。

不过，这样写出来交给王老师，对火山并不公平。

王老师说过，只能写对方的好，不能写对方的不好。

要怎么写才能够让火山既不觉得丢脸，又能明白事态的严重性呢？

木头写给火山的信

火山老兄：

虽然我们天天见面，要说的话都说完了，但我还没给你写过信，你也没有收过信，所以我就有写这封信的必要了。

有些话，我不好当面说，只能写在信里。我觉得，你在很多方面都比我强：你的身体比我健康，动作比我灵敏。

我还认为你比我聪明。每次说话，你都抢在我前面，我总觉得自己比你慢半拍。

你也比我勇敢。遇见陌生人，我从不敢上前说话。你虽然比我勇敢，可是第一次见到王老师的时候，你也害怕。可见你不是最勇敢的人，最勇敢的人是晶晶。我们要勇敢起来，加油。

这些好话我不想当面跟你说，跟你说了你就会骄傲，可你骄傲的样子，的确不太帅。

本来，信写到这里就结束了。不过，今天我要写信的时候，看见你爷爷了，就不得不说一说关于你爷爷的事。这件事，你一定不知道——你爷爷哭了。

你爷爷不会在你面前哭，正如我也不想在我爸爸面前哭。可是，你爷爷在我们很多人面前哭。他为什么哭呢？因为他的东革阿里拐杖不见了。或许你也不知道东革阿里是什么，那也没有关系，我也是今天才知道的。

东革阿里是一种树，树干可以当拐杖，树根可以当药材。

你爷爷丢失的就是东革阿里拐杖。

火山，你那么聪明，那么勇敢，一定能够帮助你爷爷把东革阿里拐杖找回来。加油！

祝你　好运

木头　上

无须付出也快乐

玩游戏也快乐

晚上，到该睡觉的时间了，晶晶还在玩电脑游戏。

她觉得自己现在很快乐，不禁怀疑起王老师的说法，王老师说要付出才会得到快乐。

她玩电脑游戏，没有付出，也很快乐。

王老师叫她写信，然后才能得到快乐。

现在她一想到写信就头疼，不如玩电脑游戏轻松。她玩得高兴时，电脑游戏会配合她的心情发出愉快的声音。

"叮叮咚咚……"

爸爸打开房门，呼喊道："宝贝，该睡觉了。"

"我不管！"晶晶受到干扰，一时失手，责怪起爸爸，"爸，你看！你……害死我了！"

"那么……宝贝……小声一点儿，我明天还得早起。"

爸爸也真是的，现在都没有游客，每天还要一大早起来开店。

晶晶把声量调小，继续玩。

过了一会儿，妈妈踏上楼梯问："宝贝，你还在玩吗？"

她受不了妈妈的唠叨，不得不停止。

"最后一场了，你让我玩完，我就去睡觉。"

"好吧。"妈妈说，"等我洗完澡，你就该停了，知道吗？"

"知道了。"晶晶乖乖地回答。

妈妈洗漱要花很长的时间，她还可以多玩几局。

妈妈的问题

妈妈换了睡衣出来，问道："宝贝，还在玩？"

"最后一局了。"晶晶在心里偷笑，这已经是第五个"最后一局"了。

妈妈没有催促她，居然坐在旁边等待游戏结束。

晶晶受宠若惊，赶快草草收场。

妈妈揽着她的肩膀，陪她走进房间。

她躺下来后，妈妈帮她掖被子。

妈妈坐在床沿上，问她："宝贝，你在快乐学堂学得快乐吗？"

"差不多啦。"晶晶想起自己还没有写信，不敢说快乐。

"有什么不快乐的事吗？"

"没有。"

"王老师还要求你们付出吗？"

"王老师说付出要记得三个要点。"

"什么要点？"

"第一个是……付出是有限度的，不可以……因为付出……而让自己受到伤害。"晶晶说得结结巴巴的。

这些抽象的东西，晶晶记不住。

"对，这个说得好。第二呢？"

"第二……我忘记啦。"晶晶一想就头疼。

"不要紧，你记得第一个就好，千万不要让自己受到伤害。"

"好啦，我要睡觉了。"晶晶说。

火山猜对了

妈妈很奇怪，不让晶晶睡。

"宝贝，妈妈还没有问完呢。我问你，王老师有没有教你们一首诗叫《梦驼铃》？"

"没有。"晶晶说。

妈妈不信，又问："没有吗？王老师没有教你们诗词吗？"

"那是《一剪梅》。"晶晶说。

"对，《一剪梅》，你会不会背？"妈妈问。

晶晶感到奇怪，妈妈怎么会知道？

她还是很高兴地背诗给妈妈听。

妈妈对她又抱又吻，说："宝贝，你太厉害了！这么难的诗，妈妈都不会，你却会背了。"

妈妈果然夸奖她厉害，火山猜对了。

看见妈妈这么高兴，晶晶十分快乐。

她推开妈妈说："好啦，我要睡觉了。"

妈妈很自私

妈妈说："宝贝，我还没有讲完。今天，月亮婆婆有没有去快乐学堂？"

"她过来坐了一会儿，很快就走了。"

"谁坐在她旁边？"

晶晶想了想，说："火山……和秋月。"

"月亮婆婆有没有咳嗽？"

"她咳嗽了一次，咳得很厉害，然后她就不好意思地走了。"

"谁送月亮婆婆回去的？"

"秋月。"

"秋月一个人吗？"

"还有阿旺。"

"谁是阿旺？"妈妈神色紧张。

晶晶笑着说："月亮婆婆的狗。"

妈妈拍了拍晶晶的大腿，又说："宝贝，你不要再去找月亮婆婆了。"

"为什么？"

"因为她的咳嗽不寻常，她可能患上了肺结核。"

"什么是肺结核？"

"一种很危险的病，我怕你们被传染。"

"如果她去快乐学堂呢？"

"那你就戴上口罩，我已经把口罩放进你的书包里了。"

"我不要戴口罩，很难看，很丢脸。"

"不丢脸。我拿了很多口罩给秋月，让你们所有人都戴上。"

"你见过秋月？"晶晶问。

"是，她去医院陪她妈妈。她很孝顺。"

"妈妈，以后你去洗肾，我也陪你。"晶晶天真地说。

"别胡说。我的身体很健康，才不需要洗肾呢。"

晶晶并不担心妈妈，她担心的是月亮婆婆。

"妈妈，月亮婆婆生病了，她会不会死？"

"不会，我不确定她是不是患上了肺结核，我叫她明天去医院做检查。"

"你要去找月亮婆婆？"

"我没有时间，我叫秋月去找她。"

秋月去找月亮婆婆，会不会被传染？

"宝贝，睡吧。我也要休息了。"

妈妈离开房间，把门关上。

晶晶觉得妈妈很自私。

妈妈不让自己去找月亮婆婆，却叫秋月去。

秋月是晶晶的好朋友，她不能让秋月去冒险。

晶晶写给秋月的信

亲爱的秋月同学：

　　今天晚上，我妈妈跟我说，她在医院遇见了你。

　　她说你很教（孝）顺，常常去倍（陪）你妈妈。

　　我觉得你很教（孝）顺，也很能干。你会做很多家务，我只会做羊冲尖（洋葱煎）蛋，这还是你教我的。

　　你是我的好朋友，教会我很多东西。

　　你教我背《一剪眉（梅）》，我背给妈妈听，妈妈很 jīng yà（惊讶），说我很利（厉）害。

　　我想告诉你一件很重要的事：月亮婆婆的病可能很严重，可能是肥（肺）结合（核）。虽然她很受（瘦），但是受（瘦）人也会生肥（肺）病。得这样的病，可能会死，你要小心。我很当（担）心你，你是我的好朋友，好朋友是不可以死的。写到这里，我都想哭了。

　　最后，我想说，你千万不要去 zhǎo 月亮婆婆。

　　祝你　长命百岁！

你最好的朋友

晶晶　上

第十章
火山

咖喱汁浇蛋炒饭

爷爷捉鬼

今天，火山做炒饭给月亮婆婆吃，虽然厨艺一般，月亮婆婆还是吃得很开心。

他送给月亮婆婆一根好的拐杖，这对月亮婆婆来说很重要。

一根好拐杖，能让月亮婆婆的出入更安全。

不只月亮婆婆感激他，阿旺也很感激他。

他从快乐学堂走路回家时，阿旺就摇着尾巴跟在他身旁。

他摸摸阿旺的头，感受到付出带来的快乐。

回到家，火山习惯性地喊道："爷爷，我回来了。"

客厅里没人，火山又喊了一声："爷爷！"

依然没人回应。

爷爷下山的时间视天气而定，如果风雨要来，他就提早下山。今天天色阴暗，爷爷却没有回来。

火山走进客厅，望向墙角，吓了一跳。

拐杖和树根散落一地。

"喀。"

火山问："谁？"

爷爷从五斗柜后面钻出来。

火山问："爷爷，你为什么要躲起来？"

爷爷涨红着脸，说："我要捉鬼！"

鬼？大白天哪来的鬼？爷爷怪异的举动，让火山傻了眼。

爷爷没看火山一眼，怒气冲冲地往大门走去。

有成就感

火山把拐杖和树根收拾好，突然想起一件事。

他要告诉爷爷，他把一根拐杖送给了月亮婆婆。

爷爷当然不会反对。

不过，还是应该跟爷爷说一声。

他瞥见客厅的另一个角落，有一把笤帚横躺在地上。

一定是爷爷扫地扫了一半，看见了什么东西，才把笤帚抛下。

火山决定帮爷爷扫完地。

完成了第一项工作，他又想做饭。

今天在月亮婆婆家表现得有失水准，他心有不甘。

他不相信自己做不出爷爷的祖传炒饭。

电饭锅里还有半锅剩饭，他盛出一碗来炒。

这一次，比在月亮婆婆家炒的好得多。他加了盐，没有炒焦，只是鸡蛋搅拌得不均匀。

后门传来狗吠声，阿旺不知在什么时候来到厨房后面。

可见炒饭很香，能把阿旺引来，那就给它吃吧。

阿旺吃饱后，摇摇尾巴，还舔舔火山的手背。

这是阿旺道谢的方式。

火山用剩下的饭炒了最后一锅。

这次炒得十分完美，颗颗饭粒"金包银"。

火山试吃几口，不由得赞叹道："太好吃了！我太有成就感了！等爷爷回来一起吃吧。"

火山先把锅刷干净。

刷锅的时候，他想起了晶晶。

今天抽签抽到晶晶，他还不知道要写信跟她说什么。

想起晶晶，火山心里就不平衡——晶晶不用刷锅，她家里有 kakak。

要是爸爸没有死，就能赚很多钱，可能现在自己家里也有 kakak。

火山十分想念爸爸。

雨太大

雨水打在铁皮屋顶上，好像千军万马奔腾而至。

火山跑出门口，要把晾在外面的衣服收进来。

爷爷也在这个时候赶回来，他抱着一个袋子走进厨房。

火山先把衣服放在沙发上，又去浴室拿了三个塑料桶，跟着进了厨房。

厨房的铁皮屋顶有三个地方会漏水，火山把桶放在地上接水。

爷爷把袋子里的食物倒进一个大瓷碗里。

"咖喱鱼头！"爷爷大声说道。

奇怪，爷爷平时省吃俭用，今天怎么会买咖喱鱼头回来？听说木头家的咖喱鱼头不便宜。

火山把一碗炒饭端到爷爷面前。

爷爷说："我要白米饭，吃咖喱要配白米饭。"

火山说："白米饭没有了，只有炒饭。"

"啊？"屋顶的雨声太大，爷爷又耳背，没听见火山的话。

爷爷站起来去盛米饭，电饭锅里已经空了。

炒饭很好吃，可是爷爷不喜欢。他一边吃饭一边叹息，吃到一半，竟突然停下动作，拿着筷子发呆，脸色阴沉。

难道爷爷真的遇见鬼了？

火山写给晶晶的信

晶晶：

我抽 qiān 抽到你，所以写信给你。

我想告诉你，你是一个幸运的女王。我们四个同学当中，就数你最幸运。你有爸爸妈妈疼爱，家里又有钱，要什么就有什么。你还可以像女王一样，命令 kakak 做任何事。

没有人比你更"好命"了。

有时你抱厌（怨）家人对你不够好，我就觉得你是身在富（福）中不知富（福）。

你知道我的生活是怎样的吗？

我在家里，要扫地、收衣服、做饭、喂狗。我为爷爷付出，也为狗付出。爷爷没有感谢我，只有狗感谢我。我觉得只有在付出之后得到回报，才会快乐。

今天中午，我炒饭给月亮婆婆吃。说实话，炒得很难吃。可月亮婆婆说好吃，这让我感到快乐。

我今天傍晚在家里炒饭给爷爷和狗吃，炒得很好吃，狗吃到摇尾巴，爷爷吃到叹气。

爷爷今天怪怪的，下午声称要去捉鬼，傍晚却在发呆。

他可能真的禺（遇）见鬼了。

如果你想吃我的炒饭，改天我在快乐学堂炒给你们吃。到时你们要记得说好吃。

祝你　身在富（福）中又知富（福）

火山　上

秋月坚持到底

正确的做法

今天秋月提早出门，是为了找月亮婆婆。

昨天，米西阿姨好像叫她劝月亮婆婆去医院。

秋月想得很清楚：不管米西阿姨有没有叫她去见月亮婆婆，为了月亮婆婆的健康，她必须这么做。

米西阿姨叫她戴口罩去见月亮婆婆，她觉得这样做是对月亮婆婆不尊敬，也让月亮婆婆很没面子。

可是，什么才是正确的做法？

正确的做法是，秋月必须保护自己。

要是她也生病了，会给妈妈添麻烦的。

她想清楚了，不管自己喜欢不喜欢，都应该戴上口罩。

月亮婆婆说过，要付出，不要让自己受到伤害。

睡姿不正常

秋月爬上石级，并没有见到月亮婆婆。

月亮婆婆通常会坐在门口。今天，门口的藤椅是空的。

下来迎接秋月的是阿旺。

秋月戴上口罩，拾级而上。她探入门内，看见月亮婆婆躺在沙发上。

月亮婆婆的睡姿不太正常——她的身体在沙发上，脚却

123

落在地上。

沙发旁，有一团团的纸巾。

"月亮婆婆，月亮婆婆……"秋月轻声呼唤。

月亮婆婆睁开眼睛，吓了一跳。

"月亮婆婆，是我。"秋月拉开口罩给她看，又把口罩戴上。

月亮婆婆吁了一口气，说："我还以为是天使要来把我带走。"

月亮婆婆的声音沙哑无力，秋月听了感到心酸。

苦劝不果

"月亮婆婆，为什么你会躺在这里？"

月亮婆婆勉强支撑起来，坐着说："早上醒来后，我吃了早饭，坐在外面乘凉，可是风很大，喀喀……喀喀……"

月亮婆婆用纸巾掩住口，咳出一口带有血色的痰。

"月亮婆婆，你应该去看医生。"

月亮婆婆猛摇头，说："不……我不去。"

"可是……"秋月说，"你不去看医生，我会很担心……"

月亮婆婆打断秋月的话，说："秋月，你是一个善良的孩子。我已经七十多岁了，并不担心自己会死去。生老病死，是很自然的事……喀喀……"

秋月说："如果你去看医生，就会好起来呀。"

月亮婆婆说："我的身体，我自己知道，一天不如一天。"

"可是……"秋月气得跺脚，"为什么你坚持不去看医生？"

月亮婆婆说："秋月，你不明白，我不想连累别人。如果我要去医院，还得麻烦鱼头背我下去。万一我把病传染给他，可怎么办……喀喀……喀喀……"

秋月激动地问："你不去，难道要在这里等死？"

"秋月，我很感谢你这么关心我。"月亮婆婆眼中含泪，"我自己的儿子，都没有你这么贴心。我的女儿，结婚后就顾不上我了。"

秋月问："大鼻叔叔什么时候回来？"

月亮婆婆说："大鼻去吉隆坡找工作了，如果能找到好工作，我也不要他回来。他住在这里就找不到老婆。他都四十了，是我拖累了他，我是他的负担。如果我死去，他就……喀喀……喀喀……"

"月亮婆婆，你不要这样想。"

"我觉得死在家里，也好过死在医院。"

"可是……"秋月握着月亮婆婆的手，不知说什么好。

月亮婆婆的手是凉的，额头是烫的。

秋月说："月亮婆婆，你发烧了。"

月亮婆婆说："我没事……喀喀……喀喀……"

秋月的坚持

秋月带着沉重的心情走到快乐学堂。

她收到了晶晶写的信。

晶晶的信虽然错字连篇，秋月却看得明白。

晶晶担心她被传染，劝她不要去找月亮婆婆。

秋月读到晶晶那句"写到这里，我都想哭了"时，忽然就哭了。

晶晶问道："是我写的信，感动了你吗？"

秋月回答道："我刚才去找月亮婆婆了。"

秋月说完，泣不成声。

王老师问："秋月，你愿意告诉我们发生了什么事吗？"

秋月停止哭泣，说出月亮婆婆痰中有血，可能患上肺结核的事。

火山问："什么是肺结核？"

王老师上网搜索，然后解释给大家听。

王老师说："肺结核是可以治愈的。据我所知，你们都注射过肺结核的预防针，所以也不需要太担心。"

秋月无奈地说："我劝月亮婆婆去看医生，她不愿意去。我都不知道该怎么劝她了。"

说完，她又哭了。

王老师说："秋月，那也是她的选择。你已经尽力了，不必太自责。"

"可是……"秋月哽咽着说，"她还发烧，我担心她会有
危险。"

木头说："我叫我爸爸去背她。"

秋月说："她不想麻烦别人……她又说……她的儿子和女
儿都不在这里……她并不怕死……"

王老师说："她一定很寂寞，觉得生活没有意义。"

秋月说："难道……我们就看着她死吗？"

王老师说："秋月，她的事不是你的责任。"

秋月生气地问："所以，我们就不要管她的事？"

王老师说："秋月，你误会了。我的意思是，带她去看医
生不是你的责任。或许，我们可以打电话通知她的儿子，让
她的儿子回来照顾她。"

"等到她儿子回来，她可能已经……"秋月捂着脸，不忍
再说下去。

王老师说："好吧。我打电话叫救护车，送她去医院。"

几分钟后，救护车来到快乐学堂门外。

看到医护人员把月亮婆婆抬下来，秋月感激地说："谢谢
王老师。"

王老师说："秋月，我们要谢谢你才对，要不是你的坚持，
月亮婆婆就不会去医院治疗。"

火山说："秋月今天为月亮婆婆付出了很多。"

晶晶问：“秋月，你有没有感到特别快乐？”

秋月摇头说：“我不是为了得到快乐才做这些的。”

王老师说：“付出并不一定是为了快乐，有时候，也只是为了心安。秋月，你感到安心了吧？”

秋月微笑着点点头。

要找出真相

非同小可

木头昨天写了信给火山。

他虽然怀疑火山偷了拐杖送给月亮婆婆，但不能确定，只是在信中说明马爷爷丢失了东革阿里拐杖。

如果拐杖真是火山偷的，这件事就非同小可。

木头想知道事情的真相。

他蹲在快乐学堂外面的椰子树下，等待火山到来。

火山垂头丧气地走向快乐学堂，没有看见木头。

木头拿起石子抛向火山，击中他的小腿。

火山握着拳头怒气冲冲地跑过来，大声吼道："木头！你拿石子打我？"

"对不起，对不起。我写了信，要先给你看。"

木头双手把信纸奉上。

火山夺过信纸，说："哼！你要是写得不好，我就揍你。"

火山朗读起信来，前面几段是称赞他的，令他笑逐颜开。

读到"你爷爷哭了"这句时，火山脸色惨白。

他不再读出声，只是嘴唇颤动，脸色越来越难看。

读完信后，火山蔫头耷脑的，说："木头，你不能这样写。"

"为什么？我写的每句话都是真实的。"

"我知道。如果你这么写，王老师看了就会误会。"

"误会什么？"木头问。

"误会我偷了爷爷的拐杖……"火山支支吾吾地说。

木头松了一口气。

原来那只是一场误会。

恍然大悟

木头说："不要紧吧？误会可以解释啊。"

"我不知道……要怎么解释……"火山的心里惴惴不安。

木头说："你可以说，送给月亮婆婆的拐杖不是东革阿里。"

"我不能说谎！"火山摇头。

木头吃惊地问："难道你送给月亮婆婆的拐杖就是东革阿里？"

"我不知道……"火山强忍着泪水，"昨天下午，我爷爷就怪怪的，今天早上又乱发脾气……我都不知道发生了什么事……直到看了你的信……我才……我才……"

木头替他说完："恍然大悟？"

"是，恍然大'哭'……"火山说到"哭"就哭了。

木头问："那你说，东革阿里拐杖是不是你偷的？"

"不知道……不知道……"火山抽泣，"我真的不知道那根拐杖是不是东革阿里。我记得东革阿里的树根是白色的，可是我拿的拐杖是褐色的……"

131

"你爷爷丢失的拐杖也是褐色的。"

"如果我知道那根拐杖是东革阿里，我就不会拿了。我只是拿，没有偷……爷爷叫我需要什么就拿什么，我就拿了……"火山如实地向木头叙述当时的情况，"我早不记得东革阿里的样子了。"

木头说："吉蒂阿姨的礼品店里也有东革阿里拐杖。我带你去看看，你就知道你拿的是不是东革阿里了。"

火山跟随木头去了吉蒂阿姨的礼品店。

火山看着玻璃橱里的褐色拐杖，挠挠头说："我拿走的拐杖跟这根长得一模一样，怎么办？"

想尽办法

木头和火山走到椰子树下。

火山一路念叨着："怎么办？怎么办？"

木头说："等秋月和晶晶来吧，咱们一起想办法。"

火山说："不行，不行。如果这件事让她们知道，我会很丢脸的。"

木头说："等王老师看见我写给你的信，跟大家谈起来，她们也会知道的。"

火山焦虑地说："不行。你把信里的相关内容擦掉，我不想让她们知道。"

　　木头尊重火山的意愿，用橡皮擦把后面几段文字擦去。把那句"本来，信写到这里就结束了"改成"写到这里，信就结束了"。

　　火山自己又擦了一次，擦得信纸都快破了。

　　木头说："擦干净信纸也解决不了问题。你回家去，向你爷爷认错吧。"

　　火山说："不行，我爷爷脾气暴躁，可能会把我打死。"

　　木头说："做错事就要勇敢认错！你爷爷发觉你把东革阿里拐杖送给月亮婆婆，自然会向她讨回拐杖。"

　　火山说："不行，送给别人的东西怎么可以要回来。"

　　木头说："你爷爷可以拿一根普通的拐杖，去把东革阿里换回来。"

　　火山说："我想到办法了，我可以回家偷一根普通的拐杖，再去月亮婆婆家把东革阿里换回来。"

　　木头说："你又说偷！不可以偷！我们可以这样做，第一步，我们先去找月亮婆婆，向她解释清楚，把东革阿里拿回来；第二步，你将东革阿里还给你爷爷，向他说明原因；第三步，再向你爷爷要一根普通的拐杖送给月亮婆婆。"

　　火山问："这样我爷爷就不会生气了吗？"

　　木头说："他不仅不会生气，还会说你很乖。"

　　随后，他们一起去找月亮婆婆了。

秋月的口罩

木头陪火山爬上石级，阿旺奔下来迎接他们。

阿旺对火山特别热情，径直扑到火山身上。

火山抱着阿旺，抚摸它的颈毛，任由它舔自己的耳朵。

木头很羡慕火山，火山不管对人对狗都是热情洋溢。

他们还没到月亮婆婆家，就看见秋月的鞋子摆在门口。

火山轻声问木头："怎么办？"

木头反问："你愿意让秋月知道吗？"

火山说："我最不愿意让她知道。"

木头说："咱们回去吧，放学后再来。"

火山说："再等一等吧。"

火山蹑手蹑脚地爬上去，趴在门边偷听秋月说话。

木头把火山拉下来说道："不可以偷听别人说话，没有礼貌。"

火山说："秋月好像在哭，不知道发生了什么事。"

木头说："人家愿意告诉你，自然会对你说的。"

火山说："我只是关心她一下，不要紧的。"

木头说："别人关心你偷拐杖的事，要紧吗？"

火山说："木头，我真的不是偷，只是拿。"

木头无话可说。

他们在椰子树下，还没等到秋月下来，却等来了晶晶。

晶晶妈妈昨天遇见了秋月，得知月亮婆婆可能患上了肺结核，她担心秋月会被传染，便想来阻止秋月。

上课时间到了，他们看见秋月戴着口罩从月亮婆婆家里出来，也就放心了。

火山在木头耳边说："我放学后要跟秋月借口罩。"

木头不确定，秋月用过的口罩，能否再让火山用。

偷龙转凤

秋月读着晶晶的信，哭了。

王老师讲解了肺结核的相关知识，还打电话叫救护车把月亮婆婆载走了。

月亮婆婆被带去医院时，火山对木头竖起大拇指。

放学后，火山问秋月："我刚才看见你戴了口罩，你可以把口罩借给我吗？"

秋月说："这是米西阿姨给我的，我还有多余的给你们。如果你们要去探望月亮婆婆，就要戴口罩。"

"太好了！"火山向秋月伸出手。

秋月给每人发了一个口罩，包括王老师。

火山等他们走后，拉着木头说："我们现在去吧。"

"去哪里？"木头问。

火山朝月亮婆婆的家努嘴。

木头问："月亮婆婆不在家，我们去做什么？"

火山说："我们去把东革阿里找出来，然后回家换一根普通的拐杖给她。"

木头问："你要进去把拐杖偷出来？"

火山说："我只是……偷龙转凤。"

木头说："不行，偷龙转凤也是偷。火山，我相信你拿走爷爷的东革阿里，并没有偷的意思，可是你进人家屋里偷东西就不对了。"

火山说："木头，你别这样说，没有人会知道的。"

木头说："要是你真敢去偷，我就告诉大家，看你丢不丢脸。"

火山问："那我该怎么办？"

木头说："你回家后，先别跟爷爷提这件事。等到明天月亮婆婆回来了，我们再去找她拿回拐杖。"

火山犹豫不决，还想去偷拐杖。

木头说："火山，我不知道你怎么想的。如果我今天偷了东西，一辈子都会不安心。"

火山反驳道："我又不是你，我可以安心。"

木头说："如果你偷了东西，还能够安心，那么你下次还会偷东西。要是你变成小偷，我就不跟你做朋友了。"

木头先回家了，他想让火山自己考虑清楚。

第十三章
晶晶

付出不是为了快乐

只求心安

晶晶看见秋月为月亮婆婆哭泣，觉得秋月很有爱心。

秋月说，她付出不是为了快乐。

王老师说，秋月付出是为了心安。

晶晶想以秋月为榜样，她也要付出，也要心安。

秋月陪晶晶一起走路回家。途中，秋月提起月亮婆婆："月亮婆婆是一个空巢老人，儿女不在身边，孤独寂寞。她现在生病了，更是雪上加霜。

晶晶同情月亮婆婆的处境，她也想为月亮婆婆付出，送去温暖。

她问秋月："今天你还去医院吗？"

秋月说："我妈妈明天才去洗肾，今天我不去。"

晶晶说："我想去医院探望月亮婆婆，你可以陪我去吗？"

秋月说："你妈妈在医院工作，让她带你去好了。"

"我不管。"晶晶说，"我想让你陪我去，我一个人去，妈妈会认为我多事。我们两个一起去，妈妈就无话可说了。"

"可是……"秋月十分犹豫，"我们两手空空地去探望她，不太好吧。"

晶晶说："我让爸爸准备。"

空巢老人

爸爸在杂货店门口喊道："宝贝，你回来了？秋月，你也来了？"

晶晶对爸爸说："月亮婆婆生病了，被送进医院了。"

爸爸随口问道："她得了什么病？"

晶晶答非所问："秋月和我想去医院探望她。"

爸爸觉得奇怪，说："宝贝，你这么关心那个老太婆？"

晶晶嗔怒道："爸，你不要这么说人家！月亮婆婆是空巢老人，很可怜，现在她生病了，我们要给她送温暖。"

爸爸高兴地说："晶晶，你真厉害，会说'空巢老人'，还说要'送温暖'，华文大有进步啊。只是，你们要怎么送温暖？"

晶晶说："送温暖，就是让她感觉到我们的热情。我们两手空空地去看她，就不够热情了。"

爸爸明白了，说："宝贝，你想带礼物去探望月亮婆婆？"

晶晶说："可是，我又不知道该带什么好……"

爸爸拿了一桶消化饼干递给晶晶："老人家，吃这个好。"

秋月连忙说："钟老板，老人家吃不了这么多，我们带一小盒就够了。"

爸爸拿出一个袋子，把那桶饼干装上，说："一小盒显得太小气了。一大桶，她可以留着慢慢吃。"

晶晶接过饼干，高兴地说："谢谢爸爸，我们走了。"

可能更糟糕

晶晶在儿童病房找到了妈妈。

妈妈看到她们两人，诧异地问："你们怎么来了？"

晶晶说："我们来看月亮婆婆。"

"月亮婆婆？"妈妈想要说什么，看见秋月后，又把话吞了回去。

晶晶问："月亮婆婆还在医院吗？"

妈妈说："在，她发烧了，需要留院观察。你们戴上口罩，我带你们去。"

晶晶和秋月戴上口罩。

晶晶悄悄问秋月："我们像不像护士？"

秋月什么也没说，只是微笑。

秋月问："米西阿姨，月亮婆婆的病情严重吗？"

妈妈回答："可能很严重，但是你们不要告诉她！不要影响她的心情，要给她一些希望。"

秋月问："是不是肺结核？"

妈妈回答："有可能。我们为她拍了片，医生发现肺部有阴影，可能是肺结核，也可能更糟糕。"

秋月问："更糟糕是什么意思？"

妈妈说："也可能是肺癌。"

秋月的眼眶红了。

妈妈叮嘱道："别告诉她这个消息。"

秋月问："什么都不告诉她，她要怎么办？"

妈妈说："我们已经通知她的儿子了，他明天会回来。"

晶晶说："大鼻叔叔回来照顾她就好了。"

妈妈说："大鼻只说他明天可能会回来，也不一定会回来，你们先不要告诉她，免得她空欢喜一场。"

晶晶问："我们什么都不能说，那要跟她聊什么呢？"

妈妈说："宝贝，你就关心她，问她辛苦吗，安慰她，说她很快就会好起来的。"

送温暖

月亮婆婆在妇女病房里。那里有十张病床，但只有八个病人。

月亮婆婆穿着病号服，手臂插着管子，正在打点滴。

妈妈说："月亮婆婆，有客人来探访你了。"

月亮婆婆看见是秋月和晶晶，笑着说："你们对我真是太好了。"

晶晶把饼干交给月亮婆婆。

月亮婆婆看着妈妈说："谢谢你，钟太太。你真是好人，是你买了东西叫你女儿来看我的吧？"

妈妈说："月亮婆婆，才不是呢。我一直在医院忙着，晶晶的出现，也吓了我一跳。我想，是秋月带她来的吧？"

秋月说："不，是晶晶自己要来的。她想给月亮婆婆送温暖。"

月亮婆婆盯着晶晶说："你真是一个善良的好孩子。"

妈妈说："我有其他事情要忙，先走了。宝贝，你和秋月探望完月亮婆婆，自己走回去，好吗？"

晶晶乖巧地回答："好的，妈妈。"

妈妈走了几步，又回头看看晶晶，对她竖起大拇指。

晶晶觉得，来看月亮婆婆是一件有意义的事情。

秋月问："月亮婆婆，您要在这里住多久？"

月亮婆婆说："住一晚吧。本来，医生让我今天回家去。可钟太太对医生说，我发高烧，回家没有人照顾。医生就让我在这里住一晚。晶晶，你妈妈是好人哪。"

晶晶问："月亮婆婆，您现在还很伤心吗？"

"我本来很伤心，不想来医院，他们硬把我架进来。可住进这个病房后，我就不伤心了。"月亮婆婆压低嗓音，"你们看，这个病房里的其他七个病人，个个都病得比我严重，她们都不伤心，我还敢伤心吗？"

晶晶又问："那您为什么不想来医院？"

"我怕打针，怕痛。"月亮婆婆举起她打点滴的手，"护士要为我打点滴，把针插进我的血管。护士说，我老了，血管溜来溜去，扎了我好几次，痛得我半死。"

秋月说："对不起，是我要您来医院的，是我害了您。"

月亮婆婆说："秋月，你别这么说。你关心我，我感激都来不及呢。虽然打针很痛，但是现在我的咳嗽好多了，头也不痛了。要是你们没有把我送进医院，我早就死了。"

晶晶说："月亮婆婆，您不会死的，会好起来的。"

月亮婆婆说："我会好起来的，喀喀……喀喀……"

晶晶后退两步。

护士走过来，说："病人要休息了，你们可以回去了。"

月亮婆婆说："对，你们回去吧。我在这里有护士照顾，没有问题。"

晶晶说："月亮婆婆再见。"

秋月说："月亮婆婆，您一定要好起来。"

月亮婆婆说："为了你们，我一定会好起来。"

得到力量

晶晶和秋月一起离开医院。

晶晶说："对月亮婆婆付出后，我感到心安了。"

秋月说："我觉得，付出不仅会得到快乐，还会得到力量。"

晶晶问："什么力量？"

　　秋月说：“我也说不上来，只是觉得自己变强大了，不再害怕困难，对未来的日子充满信心。”

　　晶晶说：“秋月，我越来越佩服你了，你是我的偶像。”

　　秋月说：“我要做我自己，不要做偶像。”

第十四章
火山

恐怕一生难以心安

有了底气

火山回家后，面对爷爷，觉得浑身不自在。

爷爷心情不好，懒得做饭。他把中午的剩饭和剩菜混在一起炒。

火山做了错事，感到内疚，立即上前献殷勤。

"爷爷，我可以帮你炒饭。"

"你走开！"爷爷像一条喷火龙，对他大吼一声。

火山无端被呵斥，十分委屈。

他认为自己的坏脾气应该是遗传自爷爷。

他对着爸爸的灵位，喃喃自语："爸爸，我不小心拿了爷爷的东革阿里拐杖，现在很麻烦，请你帮帮忙，让爷爷原谅我。"

在爸爸的庇佑下，火山有了底气，能勇敢面对爷爷。

他准备向爷爷坦白。

爷爷做的炒饭太咸了，很难吃。

爷爷吃了一口，连连叹气。

火山吧唧吧唧地吃，装作很喜欢吃的样子。

爷爷并没有因此高兴。

火山鼓起勇气问："爷爷，什么事惹你不高兴了？"

爷爷站起来说："大人的事，你别管！"

他走到板壁边，把插在板缝间的砍柴刀拔出来，挥舞着刀说："要是被我捉到，我就砍断他的手。"

火山心里咯噔一下，打了一个冷战。

爸爸，你在哪里？

爷爷大步流星地走出大门，似乎要去抓窃贼。

火山吃不下去了。

他把剩下的炒饭装在一个塑料袋里。

事不宜迟，他必须去找月亮婆婆。

要不要走后门？

月亮婆婆的家里没有灯光，大门紧闭。

火山拎着塑料袋，在石级上踌躇不前。

月亮婆婆还没有回来，怎么办？

阿旺摇着尾巴奔跑下来，不停地嗅着塑料袋。

算了，喂喂阿旺吧。

"阿旺，你不能在这里吃，咱们上去吃。"

不知道月亮婆婆会不会把拐杖留在门口？

到了月亮婆婆家门口，火山推不开门。

阿旺对他吠了两声。

这条看门狗，真的是尽职尽责。

火山回头望去，下面的路边有行人。

如果从这里进去，肯定会被人看见。

147

"阿旺，我们到后门去。"

火山领着阿旺绕到后门。

后门居然没有上锁。

阿旺紧跟着火山，不时伸出舌头舔舔塑料袋，口水四溅。

火山把塑料袋放在地上，摊开来："阿旺，你别管我，好好吃吧。"

月亮婆婆家的后门对着山壁。

如果火山从这里进入她家，就不会被人发现。

火山前脚刚踏进去，后脚就变得异常沉重。

他想起木头说的话。

如果他现在进门偷东西，恐怕一生都难以心安。

阿旺吃了几口，忽然抬头狂吠。

火山回头。后面没有人，阿旺在吠什么？

会不会是爸爸？

爸爸在后面看着？

还要不要进去？

东革阿里拐杖就在里头，进去拿出来，不用三分钟。

要不要进去？

要不要做小偷？

哑巴吃黄连

第二天早上，爷爷交给火山一把钥匙。

爷爷说："你外出的时候，把门锁起来。现在小偷多，要提防。"

爷爷并不知道那个小偷是谁。

火山如哑巴吃黄连，有苦说不出。他想跟爷爷解释，却开不了口。

他望着爷爷的背影，心里非常难过。

早知道，昨晚他就把东革阿里拐杖偷出来了。

火山吃了早餐，换上衣服，就去找木头。

木头的爸爸说："木头在楼上的房间里，你上去吧。"

楼梯很陡，火山爬了上去。

木头背对着他，正用鸡毛掸子清除百叶窗的灰尘。

火山对木头说："木头，月亮婆婆昨晚没有回来。"

木头回头问："你去找她了？"

火山回答："我去喂阿旺了。"

木头问："你有没有进去偷东西？"

火山反问："哼，你看我像小偷吗？"

木头说："当然不像，你本来就是好人。"

火山说："她家后门开着，我都没有走进去。"

木头对火山竖起拇指："你能做到这一点，很了不起。"

火山问："我只是不想做小偷，有什么了不起的？"

木头说："你战胜了心中的魔鬼，很了不起。"

火山问："今天，你陪我去找月亮婆婆好吗？"

木头问："这么早？月亮婆婆回来了吗？"

火山说："我们等她回来。我怕秋月比我早到。"

木头要去洗澡，说："好吧，你等一等。"

火山看见秋月写给木头的信，问："我可以看吗？"

木头说："看吧，没有什么秘密。"

秋月写给木头的信

亲爱的木头同学：

在我们班上的三十七人当中，我最佩服的就是你了。

你第一次引起我的注意，是在英文老师公布默写测验成绩的时候。我记得，那次测验要默写一篇三百多字的短文，我写错一个字。当时老师宣布，只有你一个人全对，没有一个错字。你第一，我第二。那时，我心中还有一点儿妒忌。

后来，你向老师坦白，你遗漏了两个字，多写了一个字，应该扣你三分。这样一来，就变成我第一，你第二。我在心里暗暗高兴。

老师对照了原文，发现你果然用一个字取代了两个字。不过，老师说你默写的短文通顺、完整，她并不觉得有所遗漏。

你用一个更贴切的字取代了原文中的两个字，把原文修改得更好，不应该扣你的分。我听了，对你心服口服。

你的睿智让我敬佩。但是，我最欣赏的并不是你的聪明，而是你的为人。你真诚实在，胸怀坦荡。

你瞒着我们偷偷做了一件好事。

那天，我们在月亮婆婆家做饭，月亮婆婆扭伤了脚，你悄然消失了。后来我才知道，你回家叫你爸爸来带月亮婆婆去看医生。

你知道，我们说破嘴皮也劝不动月亮婆婆，只有你爸爸懂得如何说服她。

你和你爸爸之间的亲密关系，令我很羡慕。我和我妈妈之间总是隔了一层屏障。我知道我妈妈很爱我，可她表面上对我总是冷冷淡淡的。

王老师教我们，要付出才会快乐。我回家后，也常思考"要如何快乐"这个问题。我觉得，先把家人之间的关系搞好，才能够得到快乐。

祝你　生活愉快！

秋月　上

搞好家庭关系

秋月的信，对火山有所启发。

秋月说得对，得先搞好家庭关系，才能够得到快乐。

火山和家人的关系不好。他跟妈妈因为新爸爸的出现，关系一直处于紧张状态。

他跟爷爷的关系本来很好，现在却因为一根拐杖，搞得乱七八糟。

秋月讨厌别人做偷鸡摸狗的事。

火山为自己捏了一把冷汗，幸亏他没把东革阿里拐杖偷出来。

秋月喜欢真诚实在、胸怀坦荡的人。

火山决定做一个真诚实在、胸怀坦荡的人。

今天傍晚，不管发生什么事，他都要对爷爷坦白。

第十五章
秋月

拉近与妈妈的距离

尝试和妈妈沟通

秋月陪晶晶去探望月亮婆婆，比平时回来得晚。

"妈！我回来了！"秋月在门口大喊，赶紧脱鞋走进厨房。

妈妈背对着她，正在切韭菜。

"妈妈，我来。"秋月走到妈妈身边。

妈妈放下刀，也没有抬眼看秋月，说："玩够了？还知道要回来了？"

秋月想起木头和他爸爸的关系，尽量平和地解释："妈，今天我和晶晶去医院探望月亮婆婆，回来晚了，对不起。"

妈妈走向后门，说："我要去给鸡煮饭了。"

秋月家晚上要煮两顿饭：一顿给人吃，一顿给鸡吃。

秋月煮给人吃的，妈妈煮给鸡吃的。

给鸡吃的饭不怎么花钱，主要是用咖喱鱼头餐厅的剩菜，加上米糠、碎米或野菜做的，还能煮出一股特别的香味。

这股香味，能把在外面溜达的鸡群吸引回来。

秋月跟妈妈说了月亮婆婆的事，妈妈没有反应，这令秋月非常失望。

她想拉近自己跟妈妈的距离，可妈妈依然遥远。

秋月的挫败感油然而生。

妈妈的意思

晚餐时刻，秋月已经不想再提月亮婆婆的事了。

倒是妈妈主动提起："月亮婆婆生了什么病？"

秋月说："她咳嗽，又发烧，还咯血。"

妈妈说："咯血？那么严重？"

秋月说："米西阿姨说，可能是肺结核或者肺癌。"

妈妈愣了一下，问："大鼻有没有回来？"

秋月说："米西阿姨说，大鼻叔叔明天可能会回来。"

妈妈说："回来就好。不然，月亮婆婆要孤独终老，很可怜。大鼻也真是的，妈妈生病了，还往外跑。"

"可是……"秋月想说，其实大鼻叔叔离开时，不知道月亮婆婆生病了。

她没有为大鼻叔叔辩护，只是说："月亮婆婆说，她也不希望自己成为大鼻叔叔的负担。"

妈妈说："做妈妈的当然这么想，就是不知道做儿子的怎么想。你呢？你怎么想？"

秋月不明白妈妈的意思，怎么把月亮婆婆的事扯到自己身上来了？

妈妈似笑非笑地问："你怎么想？我是不是你的负担？"

秋月快要哭出来了，她强忍住泪水说："妈，你怎么会是我的负担？要是没有你，我该怎么办？岂不是更可怜？"

妈妈说："有一天你出嫁了，就不再可怜了。到时，我就成了你的负担。"

秋月说："不会的，妈，不会的。"

"不会的……"妈妈说，"我也不会阻碍你的幸福。你结婚以后，就过你的幸福日子，我一个人孤独终老就好。"

秋月保证道："妈妈，我即使结婚了，也会照顾你。"

妈妈叹息道："唉，你也别说得太早，长大以后的事，谁知道呢。"

秋月真的不知道要如何跟妈妈沟通。

"妈，你不相信我。"秋月的眼泪滴在米饭上。

妈妈看见秋月哭了，才说："好了，我相信你啦。傻孩子，这样也哭！"

陪伴妈妈

妈妈今天早上得去医院洗肾。她的心情很好，主动问秋月："今天我想提早出门，先去探望月亮婆婆，再去洗肾。你要不要一起去？"

"要。"秋月很高兴妈妈需要她的陪伴。

妈妈挑了四个大鸡蛋放进纸袋，然后带着秋月去医院。

妈妈没有牵秋月的手，她不习惯这样。

秋月和妈妈肩并肩一起走，她快要跟妈妈一样高了。

走进医院的大门，秋月掏出两个口罩，一个留给自己，一个交给妈妈。

妈妈摆手拒绝："我不戴口罩。"

秋月说："妈妈，你就戴上吧，避免被传染。"

妈妈说："捂住嘴巴，怎么跟她说话？我不要。"

"可是……"秋月说，"肺结核很危险。"

妈妈说："我不怕。"

秋月急得直跺脚，却拿妈妈没办法。

妈妈走在前头，径直往妇女病房走去。

月亮婆婆的床边坐着一个男人，黝黑壮硕，一脸络腮胡。

"月亮婆婆，大鼻叔叔。"秋月叫道。

妈妈走向床边，弯下身子，低声慰问。

月亮婆婆转过头去，问秋月："你还有口罩吗？"

秋月递给月亮婆婆一个口罩。

月亮婆婆戴上口罩才跟妈妈说话："万一传染给你就不好了。"

秋月这才放下心来。

月亮婆婆对妈妈说："我今天就出院了，你还来做什么？"

妈妈握住月亮婆婆的手，说："是啊，我来晚了。昨晚我听秋月说起，才知道你生病了。"

月亮婆婆说："这算什么病！只不过是喉咙痒，咳嗽。我觉得买一瓶枇杷膏来吃就行，他们硬把我架到医院来，搞得像发生什么大事情似的。"

妈妈说："衣烂从小补，病从浅中医。你生了小病不来医院，发展成大病就来不及了。"

月亮婆婆说："我活到这把年纪已经知足了，哪有什么来不及的？"

她似乎有些私密的话要说，看了大鼻叔叔一眼。

大鼻叔叔识趣地走开，秋月也跟着他走了出去。

多看一眼

秋月和大鼻叔叔来到走廊上。

大鼻叔叔对秋月说："我妈妈刚刚提起你呢。"

"她说我什么？"

"她说，你们四个小朋友，帮了她很多忙，给了她很多快乐，还夸你最懂事。"

秋月问："月亮婆婆今天可以出院了？"

大鼻叔叔说："是的，等医生批准了，她就可以出院。"

秋月说："大鼻叔叔，你不在鹩哥岛，月亮婆婆一个人很寂寞。"

大鼻叔叔说："我知道，我今天就是来带她走的。"

"可是……"秋月问，"你要带她去哪里？她愿意吗？"

大鼻叔叔无奈地说："她不愿意也得愿意。你知道她得了什么病吗？"

秋月说："可能是肺结核，可能是肺癌。"

大鼻叔叔吃惊地说："你们都知道了？我妈妈知道吗？"

秋月说："她不知道。"

大鼻叔叔说："在这里，至少要等一个星期才能确诊。如果我带她到吉隆坡去，很快就可以检查出来。钟太太也建议我把她送到吉隆坡中央医院，那里有最先进的医疗设备。"

秋月问："你打算什么时候带她走？"

大鼻叔叔说："等办完出院手续，我们就乘下一班渡轮离开。"

秋月问："你还会带她回来吗？"

大鼻叔叔说："我希望她能留在吉隆坡，住在我妹妹家，那么我也可以在吉隆坡发展，不回来了。"

秋月想到要和月亮婆婆永远分离，觉得很伤感。

她望向病房，想再看月亮婆婆一眼，却发现妈妈在床边流眼泪。

第十六章
木头

送别月亮婆婆

月亮婆婆回来了

木头和火山在椰子树下等待月亮婆婆回来。

月亮婆婆真的回来了。

大鼻叔叔包了一辆的士*，开到快乐学堂外面。

秋月也坐在的士里。

木头对火山说："有大鼻叔叔在，就好说话了。"

"大鼻叔叔！"他们迎上去异口同声地叫道。

"嗯。"大鼻叔叔应了一声，转头对月亮婆婆说，"妈，你留在车里，我帮你上去收拾好了。"

月亮婆婆打开车门说："不，你不知道我的东西放在哪儿，我要自己收拾。"

大鼻叔叔说："我们赶时间哪，我怕赶不上渡轮。"

月亮婆婆赌气说："赶不上渡轮就别去！"

秋月扶着月亮婆婆下车。

大鼻叔叔找月亮婆婆拿了钥匙，说："我先去开门。"

火山跟着大鼻叔叔爬上石级。

木头知道，火山急着找那根拐杖。

木头戴了口罩，和秋月一起搀扶月亮婆婆爬石级。

秋月对木头说："大鼻叔叔要带月亮婆婆去吉隆坡治疗。"

---

* 马来西亚华人称出租车为的士。

月亮婆婆埋怨道："我不想去，大鼻硬要把我带去。"

秋月对月亮婆婆说："月亮婆婆，我们在这里等你回来。"

月亮婆婆看着阿旺，说："我不在的时候，阿旺怎么办？"

木头说："月亮婆婆，你放心，我可以喂阿旺。"

月亮婆婆说："木头，那就麻烦你了。"

木头说："月亮婆婆，你不用担心阿旺，火山对它也很好。昨晚你不在，火山还特地拿剩饭来给阿旺吃。"

月亮婆婆说："你们四个都是好孩子。要是我有你们这些孙子孙女，该多好！"

秋月说："月亮婆婆，你就把我们当作孙子孙女吧！"

感谢秋月

大鼻叔叔开了门，又跑下来，对月亮婆婆说："快，来不及了。妈，你走路太慢了，我背你上去。"

火山留在月亮婆婆家里，没有下来。

不知道他有没有找到拐杖。

大鼻叔叔背着月亮婆婆，一颠一颠地跑上石级。

木头对秋月说："谢谢你给我写的信，你把我写得太好了。"

秋月说："如果你要感谢我，不如给我回信。"

木头挠挠后脑勺，感到为难，他不知道要给秋月写什么。

秋月笑着说："开玩笑罢了，不需要回信。"

木头问秋月："为什么你会和大鼻叔叔一起回来？"

秋月叙述了事情的原委。

木头问："月亮婆婆会回来吗？"

秋月说："大鼻叔叔不想让月亮婆婆回来，除非她坚持要回来。"

木头说："如果她不回来，我们就再也看不见她了。"

秋月问："你会想念她吗？"

木头回答道："当然。"

大鼻叔叔背着月亮婆婆进屋去。

火山在门边，挥动着手里的拐杖。

木头替火山高兴，他终于把东革阿里拐杖拿到手了。

帮助月亮婆婆搬家

木头和秋月爬上石级，到了月亮婆婆家门口。

大鼻叔叔抱着一个大箱子，匆匆出来，奔下石级。

秋月在房门口问："月亮婆婆，需要我帮忙吗？"

月亮婆婆说："不需要，我的东西只有我自己知道。"

火山手里拿着拐杖，对着木头咧嘴笑。

木头对火山竖起拇指。

月亮婆婆收拾了一袋衣物，又把被子塞入另一个袋子里。

大鼻叔叔说：“被子不用带去，我们那里也有。”

月亮婆婆说：“我只盖自己的被子。”

大鼻叔叔背起月亮婆婆说：“好啦，走吧。”

木头拿衣物，秋月拿被子，火山拿拐杖，一齐走下石级。

阿旺喜欢凑热闹，在他们身边跑来跑去。

月亮婆婆对木头说：“记得帮我喂狗。”

火山喊道：“月亮婆婆，我可以把阿旺带回家吗？”

月亮婆婆说：“你要的话，我就把它送给你。”

火山说：“谢谢月亮婆婆！还有，这根拐杖……”

月亮婆婆说：“我知道了，喀喀……喀喀……”

大鼻叔叔说：“妈，你咳嗽，不要讲话了。”

木头以为月亮婆婆知道拐杖的事，问题就要圆满解决了。

目送汽车离去

大鼻叔叔扶着月亮婆婆坐进车里，再把衣物和被子放入后备箱。

月亮婆婆坐在后座，大鼻叔叔坐在前座，汽车就要开动了。

大鼻叔叔探出头来说：“谢谢你们，我们要走了。”

秋月看见火山手里握着拐杖，对月亮婆婆说：“你的拐杖！”

月亮婆婆从车窗伸出手来，说："对呀，我的拐杖，我一定要带着走。谢谢你，火山，我看见拐杖就会想起你们。"

火山握着拐杖不放。

秋月伸手跟火山要拐杖。

火山乖乖地把拐杖交给秋月。

秋月把拐杖递给月亮婆婆，说："我们也会想念你的。"

月亮婆婆接过拐杖，流着眼泪说："谢谢你们……"

汽车扬长而去，拐杖从窗口渐渐缩进车里。

秋月的眼睛闪着泪光，目送汽车离去。

火山掩面大哭。

木头悄悄问火山："为什么会这样？你没有告诉月亮婆婆吗？"

火山抽泣着说："我……来不及……说……"

火山看到阿旺在追着车跑，忽然也追了过去。

木头对火山的处境感到担忧。

秋月不知道真相。她揩去眼泪，对木头说："火山真重感情，哭得这么伤心。"

木头知道，火山不是因为月亮婆婆而哭，他是为了东革阿里拐杖而哭。

第十七章
晶晶

享乐不是快乐

女王停不下手来

晶晶吃过早餐，就开始玩电脑游戏。

妈妈去医院上班，爸爸在楼下卖东西，就她一人在楼上快乐地玩游戏。

她的手停不下来，不能动手吃饭，就叫 kakak 把午饭端上来喂她吃。

晶晶只要张开口，食物自然会送上来。

火山写信给她，说她像女王。

她也觉得自己像女王。

后来，爸爸爬上楼梯，问道："宝贝，你今天要不要去上华文课？"

"要！"

晶晶喜欢玩游戏，也喜欢上课，不知该如何选择。

如果自己能够"分身"就好了，一个在这里玩游戏，一个去快乐学堂上课。

爸爸又喊："宝贝，时间到了，你还不去？"

"知道啦！你不要管我！"晶晶一时分心，输了游戏。

她匆匆忙忙换了衣服，飞跑出去。

爸爸在店里喊道："宝贝！慢慢走，小心……"

晶晶听不见，什么都听不见。

享乐和快乐不一样

晶晶赶到快乐学堂时，已经迟到十五分钟了。

幸好她不是最迟的，因为火山还没有来。

王老师问她："晶晶，你为什么迟到？"

晶晶坦然地说："我在玩电脑游戏，忘了时间。"

王老师问："你喜欢玩电脑游戏还是上华文课？"

晶晶说："两个都喜欢。我觉得，玩电脑游戏和上华文课是一样的。"

王老师问："这两件事风马牛不相及，怎么会一样？"

晶晶说："我在这里，学会付出，得到快乐。我玩电脑游戏，不用付出，也能得到快乐。"

王老师说："玩电脑游戏叫做享乐，不是真正的快乐。"

晶晶问："享乐和快乐有什么不同？"

王老师想了想，说："享乐是在当下得到感官的刺激和情绪的亢奋，偏于生理上的满足；快乐则是心理上的需要。"

晶晶似懂非懂地说："王老师，我不太明白。"

王老师问："你刚才玩电脑游戏，感到很快乐。现在，你的那种快乐还在吗？"

晶晶说："我现在没玩电脑游戏，哪里会快乐？"

王老师又问："你现在想象一下，假装自己在玩电脑游戏，会不会快乐？"

晶晶闭起眼睛，努力想象，依然快乐不起来。

"这就是享乐和快乐的区别。享乐过后，那种亢奋不会持续太久。快乐是比较平静的和持久的，也许会快乐一整天，也许几天后想起，还会令你微笑。"王老师说。

晶晶似乎明白了。她玩电脑游戏时，虽然快乐，却精神紧绷，不会微笑。真正的快乐，应该是会让人微笑的。

"可是……"秋月问，"玩电脑游戏会不会伤害眼睛？"

王老师说："是的，玩得太久，眼睛会受到伤害，颈椎也会出问题，对健康无益。"

秋月说："我觉得付出还能起到改善关系的作用。给朋友写信，不但能让双方得到快乐，也可以增进友情。"

王老师说："秋月说得真好。其实，人与人的良好关系，就是快乐的源泉，世界也会因此而温暖。这些都是玩电脑游戏无法得到的。"

晶晶脸颊发烫，感到很惭愧。

错过重要的一幕

王老师在谈论人与人的关系时，火山出现在了门边。

他双眼红肿，脸颊留着泪痕。

阿旺挨在他腿边，摇着尾巴。

王老师问："火山，为什么不进来？"

火山抽泣着，一动不动。

木头把他拉进来，贴在耳边问："追上了？"

火山摇头，眼泪又簌簌流下。

王老师问："火山，你为什么哭？"

火山只顾流泪，说不出话来。

秋月替他回答："报告王老师，月亮婆婆刚才被她儿子带走了，很可能不再回来，火山感到非常伤心，才哭个不停。"

晶晶万分诧异，她完全不知道月亮婆婆离开的事。

晶晶问木头："你们都见到月亮婆婆了？"

木头说："是的，我们都跟她道别了。"

晶晶沉浸在游戏的世界里，错过了重要的一幕。

秋月把事情的经过告诉了晶晶。

晶晶懊恼地说："我想跟她说再见，却来不及了。"

秋月说："来得及的。我们可以打电话给她，也可以给她写信。我有大鼻叔叔的电话号码和地址。"

火山怒吼道："秋月！你有大鼻叔叔的电话，为什么不告诉我？"

火山说着说着，又哭了。

秋月说："对不起，我不知道你要打电话给他。现在我把电话号码给你，好吗？"

火山哭丧着脸说："来不及了！"

王老师一头雾水，问道："到底发生了什么事？"

火山伏在桌子上，不愿意说出来。

晶晶觉得奇怪：火山到底有什么事情瞒着大家？

制作明信片

火山不愿意分享心事，大家也不勉强他。

王老师提出建议："我们每人给月亮婆婆做一张明信片，然后写上祝福语寄给她。"

晶晶问："什么是明信片？"

王老师说："明信片是一种不需要信封就可以寄的信，它必须是一张卡片，有固定的格式和尺寸。"

木头问："没有信封，写的内容会被别人看见吧？"

王老师说："是的，所以我们不能写太私密的内容。"

王老师拿出卡片、铅笔和尺子，告诉大家格式和尺寸。

秋月根据尺寸，在卡片上画格子。

木头用小刀切割出十六张明信片。

王老师拿着明信片说："这一面写祝福语和地址，这一面可以画图，这里要留一块空白贴邮票。"

晶晶高兴地说："我喜欢写明信片胜过写信。"

王老师问："为什么？"

晶晶说："明信片上不需要写那么多字。"

王老师说："对。明信片容纳不了太多内容，所以我们要想清楚再写。"

晶晶写给月亮婆婆的明信片

月亮婆婆：

今天我玩电脑游戏，玩到忘了时间，来到快乐学堂时，已经迟到了。

他们说大鼻叔叔把您带走了，我感到很伤心，因为我有很多话还来不乃（及）跟您说。

这是我来不乃（及）说的话：月亮婆婆，我很喜欢您，您很尤（幽）默，让我们很开心。您还让我懂得付出，吃我的羊冲尖（洋葱煎）蛋，让我得到快乐。我希望您早日灰（恢）复建康。对不起，还有很多话，没有地方写了。

想念您的　钟晶晶

第十八章
火山

做个真诚实在的人

不能再隐瞒

火山要做一个真诚实在的人。

他不能再对爷爷隐瞒那件事了。

他准备向爷爷坦白，接受处罚。

王老师说，付出也能改善与家人的关系。他要为爷爷付出，于是做起了家务。

扫地、擦桌椅、拖地……做完这些，爷爷还没回来。

到饭点了，火山又炒了一锅香喷喷的蛋炒饭。

他决定等爷爷吃了饭，再向爷爷认错。

他怕太早告诉爷爷真相，爷爷会连饭都吃不下。

等到炒饭凉了，爷爷才回来。

"爷爷，吃饭了。"

爷爷的心情

爷爷说他今晚不吃饭了，阿里先生要请他吃饭。

阿里先生是一个收购拐杖和树根的商人。

爷爷洗完澡后，换上长裤和长袖衬衣，穿得很体面。

他把拐杖和树根收拾好，分别扎成两大捆。

出门前，他洗了手，还在头发上抹了油。

火山一直跟在爷爷身后，想找机会开口。

这时，他还顾虑另一件事：怕影响爷爷去见客人的心情。

爷爷的心情相当愉快，似乎忘了丢失东革阿里的事。

既然爷爷已经忘记了，还要不要告诉他？

不说不行，做错的事不会因此消失。

秋月喜欢的是真诚实在的人。

木头做得到，自己也做得到。

爷爷出门前，摸一摸火山的头，问："你知道爷爷今天为什么这么高兴吗？"

火山说："因为阿里先生来了。"

爷爷说："错，因为你懂事了。我看见你把家里收拾得这么干净，还做了饭，心里真高兴。"

秋月在家里也收拾房子，也做饭。

火山说："爷爷，那是我应该做的。"

爷爷笑呵呵地问："谁教你的？"

"王老师教的。"

爷爷说："我要好好谢谢他。你妈妈是教师，王老师也是教师，他会教，你妈妈却不会教！"

爷爷总是找机会批评妈妈。

"爷爷，你什么时候回来？"

爷爷说："阿里先生每次都会在码头边上的印度餐厅请我吃咖喱饭，喝拉茶，看电视。他就住在印度餐厅楼上的旅馆里，等到他想回房间睡觉时，我再回来。你不必等我，要睡就去睡。

睡觉前，记得把门锁好。"

火山决定等爷爷回来，今晚一定要把话说清楚。

做错就是做错，要勇敢面对，不应该掩盖起来。

火山写给月亮婆婆的明信片

月亮婆婆：

您走的时候，我追着您的汽车一路狂奔。等我追到码头，您的度沦（渡轮）已经离开了。我在码头哭了。您不要吴（误）会，我不是舌（舍）不得您，我是舌（舍）不得送给您的槐丈（拐杖）。

我不小心拿了爷爷的东革阿里槐仗（拐杖）送给您，那是很员（贵）的槐丈（拐杖）。爷爷发皮（脾）气，我很害怕。

今晚我要把真象（相）告诉爷爷，勇敢认错，做个堂堂正正、真诚实在的人。爷爷要打我，就让他打好了，即使会被他打死。您要好好保管槐丈（拐杖），看到它时，记得想起我。

想念您的　马火山

给月亮婆婆画画

火山写完明信片，听见后门有狗吠声。

他打开后门，阿旺对他摇尾巴。

阿旺一定是饿了。

火山还没有吃晚餐，却不觉得饿。

他心情不好，吃不下，把炒饭都倒给阿旺吃。

火山回到客厅，在明信片的另一面画上图画：身体弯弯的月亮婆婆手里拿着一根拐杖，她的头边有一个泡泡，泡泡里是火山的自画像，画中的火山死了。

他再添几笔，给月亮婆婆画上眼泪，泪花四溅。

火山过于投入，竟流下了悲情的泪水。

勇敢认错

爷爷回来了，念叨着："怎么没有关灯？"

火山在桌边打瞌睡。

"火山，你还没睡？还在做功课？"

火山揉揉眼睛，喊道："爷爷！"

他刚睡醒，迷迷糊糊的，不知道发生了什么事。

爷爷解开衣服，喜滋滋地说："火山，阿里先生称赞你呢。"

火山顿时清醒，他必须跟爷爷认错。

爷爷自顾自地说："阿里先生看见你在码头哭。有人问你为什么哭，你指着渡轮说'月亮婆婆'。他们说月亮婆婆刚离开，你舍不得老人家，重情义。是不是？"

爷爷骄傲地看着火山，一副满意的样子。

火山咕咚一声跪下来，大声说：“爷爷，我错了！”

爷爷扶起火山，说：“起来！我还没有死，不要下跪！你做得很好，没有做错。”

火山捂着脸，不敢正视爷爷，只能大声说：“你的东革阿里拐杖是我偷走的，是我拿去送给月亮婆婆的。”

“什么？”爷爷愣住了，“你开什么玩笑？”

火山说：“爷爷，我说的是真的。我不知道它是东革阿里，以为它是根普通拐杖，就把它送给了月亮婆婆。”

“天哪！”爷爷怒喊，“你这个憨孙子！”

爷爷举起手，却打不下去。

爷爷不打火山，火山因内疚而更加难受。

“爷爷，你打我吧！打我吧！”火山哭着求爷爷。

爷爷说：“你是我心头的一块肉，我怎么舍得打你。”

爷爷坐在地上，哭了起来。

“爷爷，你别这样！”火山说，“我本想去跟月亮婆婆把拐杖要回来再告诉你的，谁知道……月亮婆婆拿着拐杖离开了鹩哥岛。”

爷爷捶胸顿足地哭喊着：“天哪！怎么办？”

接受处罚

爷爷拿了三支香和一盒火柴，拉着火山往外跑。

这时已近午夜，天空漆黑，没有星星没有月亮，街上的店铺都关门了，只有灯塔发出的灯光一遍遍地扫过来。

爷爷拉着火山来到拿督公神龛前，跪下去。

爷爷对着神像磕了三个响头，火山不知所措地愣在那里。

爷爷按着火山的后脑勺，喊道："磕头！"

火山的额头被连按三次，撞在地上。

痛！痛！痛！

爷爷下手真狠。

爷爷点燃三支香，对着神像大声说："弟子马富贵，曾在这里向拿督公祈祷，要是谁偷了我的褐色拐杖，且未在七天内归还，就诅咒他死……"

火山打了一个冷战，爷爷的诅咒怎么这么歹毒？

"今天我才发觉，小偷就是我孙子。不，我孙子不是小偷，他不小心拿了我的褐色拐杖，送给了别人。我已经原谅他了，请拿督公也原谅他，不要处罚他……"

爷爷说到这里，礼品店楼上的窗户打开了，灯光照射过来。

火山回头，看见吉蒂阿姨从窗口探出头来。

吉蒂阿姨哈哈大笑，尖声说道："原来是你孙子偷的，还要怪我……"

爷爷用马来话喊她住口："Diam！"

吉蒂阿姨并没有停下来，继续提高声调说："这个拿督公很灵的，你咒了人，现在毒咒降临到自己孙子身上，哈哈……谁吃了辣椒，谁就知道辣！"

吉蒂阿姨说完，关上窗，熄了灯。

爷爷虔诚地说："拿督公，你不要听吉蒂乱说话。我孙子只是不小心拿错了，如果要处罚他，就罚他在这里跪一炷香吧。"

爷爷转头问火山："火山，你答应拿督公在这里跪一炷香，请拿督公原谅你，好不好？"

火山说："拿督公，我是马火山。我做了错事，在这里跪一炷香求你原谅，你就处罚我一人吧。顺便请你保佑我的爷爷身体健康，长命百岁……"

爷爷悄悄嘱咐火山："够了，不用说那么多。"

火山说："好，一百岁就够了，不用那么多。"

爷爷把三支香插在香炉上。

火山说："爷爷，你回去吧。跪完一炷香，我自己回去。"

"我就站在这里陪你。"爷爷起身，站在神龛旁。

火山说："不行，我已经说就处罚我一个人了，不能说话不算话。"

"好，我先回去。"爷爷无奈地走了。

风雨中的温暖

火山在神龛里，认真忏悔。

神龛不大，最多同时容纳三个跪着的人。那里只有香火的光，神像隐隐约约的，看起来更可怕了。

天空瞬间一亮，划过一道闪电。

火山吓了一跳，赶紧跪着叩头，祈求拿督公原谅。

忽然，他的颈后有一阵湿湿黏黏的感觉。

"妈呀！"他吓得哭了出来。

一只狗在他身边轻轻地叫——原来是阿旺。

"阿旺！你吓死我了！"

阿旺挨在他身边躺下，给他温暖。

下雨了，风夹着雨吹拂过来，打湿了他的双脚。

他挺直身体，脊背感到凉飕飕的。

"啊——"一只手在他背后拍打，吓得他大叫。

木头说："是我！"

"你怎么来了？你不是睡了吗？"火山问。

木头说："被隔壁的吉蒂阿姨吵醒了。"

木头撑着雨伞，递给他一件夹克："穿上吧，避免着凉。"

火山把夹克穿上，温暖多了。

木头挤了进来，问："你爷爷打你了？"

"没有。"火山说，"爷爷说我是他心头的一块肉……"

火山叙述他认错的经过，木头静静地聆听。

木头跪在他身旁，说：“这件事，我也有份。如果我提早让你告诉爷爷，东革阿里拐杖就不会被月亮婆婆带走了。”

火山说：“木头，你不用跪。男子汉大丈夫，一人做事一人当，只有我一人受处罚。”

木头只好蹲在他旁边。

雨越来越大，木头把雨伞撑在后面，挡着雨水。

阿旺对着外面吠了几声。

火山回头看见爷爷撑着雨伞，拿着风衣，走了过来。

爷爷看见木头陪着火山，并没有继续往前走。

火山对木头说：“我害爷爷丢了东革阿里，心里还是很过意不去。”

木头说：“等你长大了，再去挖一棵东革阿里还给你爷爷。”

火山说：“对，我一定要挖一棵东革阿里还给他。”

木头说：“其实，你也可以用其他方式报答你爷爷。”

火山说：“不，一笔归一笔，还是还他东革阿里比较好。”

三支香被烧成灰烬，爷爷仍伫立在街角等待。

火山磕了三个头，站起来。

木头撑着雨伞，把火山交给爷爷。

火山说：“木头，谢谢你陪着我。”

木头说：“不用谢，为你付出，我也感到快乐。”

做了一个梦

火山回家后，立刻回房睡觉。

他做了一个梦，梦见自己爬上山，找到一棵东革阿里树。他想连根拔起，却拔不出来，更怕把根拔断。他认清楚这棵东革阿里的地点，便回家拿锄头去了。在回家的路上，他跌入一个深坑，惊醒了。

醒来后，他仍然记得东革阿里树在哪里。

会不会是拿督公托梦？

对！一定是拿督公托梦。

火山感到很兴奋。

此时，他听见公鸡的鸣叫。

他一跃而起，洗脸刷牙，悄悄开门出去。

天刚蒙蒙亮，他扛起锄头，往山边走去，满心期待给爷爷一个惊喜。

第十九章
秋月

清晨谁来叫门？

听见敲门声

秋月家除了养鸡,还酿米酒。

妈妈酿的米酒,远近闻名。

她们把酿好的酒装进玻璃瓶里,卖给晶晶的爸爸。

妈妈的米酒不是合法品牌,晶晶的爸爸不敢把它摆在店里,只能把它藏在后面的茶水间里。

本地人来买米酒,多数当作料酒煮菜用,外劳则直接买来喝。

晶晶的爸爸曾说:"你妈妈的米酒劲真大,外劳来茶水间喝一杯,走出店门口就摇摇晃晃,一百步内就倒地不起。"

秋月听他这么说,感到很羞愧。

她总劝妈妈别再酿酒了。

妈妈反问:"不酿酒,你有饭吃吗?你以为养几只鸡就能生活吗?"

妈妈用大缸酿酒,大缸被埋在后院的泥土里,泥土上面压着一盆鸡冠花。

今天凌晨四点,秋月就起床帮妈妈煎酒了。

妈妈每个星期煎一次酒。

煎酒这件事得偷偷地干,不能让警察知道。

天亮前,鹅哥岛的警察都在梦乡里,正是煎酒的最佳时刻。

秋月和妈妈把花盆推开，拨去泥土，掀开缸盖，把酿好的酒舀进锅里。

她们在厨房里煎酒，妈妈看火，秋月管水。

煎酒的器具是个圆柱形的不锈钢桶，上面倒置着一个不锈钢锅盖，锅盖上盛着水。

秋月的工作就是站在凳子上，用瓢把热水舀出来，再把冷水舀进去，让锅盖上的水保持清凉。

妈妈在灶台边看火，火候掌握得好才能煎出好酒。

她们的工作不能被打扰，如果半途中断，就前功尽弃了。

大约煎了一个小时，妈妈说："好了！"

她也不看时间，就凭感觉。

妈妈把火熄了，秋月把锅盖里的水舀出来。

妈妈把堵住缝隙的湿布揭开，和秋月合力抬起锅盖。

锅盖底下悬挂着一个小锅，煎出来的酒就凝聚在这个小锅里。

小锅里的米酒有八分满。

妈妈伸出一只手，握住小锅的提梁，轻声说："起！"

秋月把锅盖举高，让妈妈提起小锅。

妈妈小心翼翼地把小锅放在地上，舀出一小汤匙米酒。

秋月擦一根火柴，点燃汤匙里的米酒，米酒燃起蓝色的火焰。

不一会儿工夫，米酒就烧了个精光。

妈妈叹道："好酒！"

秋月把洗净的玻璃瓶拿来，准备装酒。

就在这个时候，有人拍打大门。

妈妈轻声说："别出声。"

会不会是警察？

"金莲嫂！金莲嫂！"

秋月说："是马爷爷。"

妈妈把米酒盖好，赶快去开门。

秋月紧随其后。

留下了遗书

只见马爷爷脸色惨白，颤着嗓子说："不好了……"

话没说完，他就老泪纵横，说不下去了。

妈妈说："进来，进来，坐下慢慢说。"

马爷爷不愿意进来，看着秋月说："我来……找……秋月……"

妈妈回头看秋月，问秋月："什么事？"

秋月耸耸肩，一头雾水。

马爷爷揩去眼泪，哽咽着说："我去海边看……没见到人……看见你们屋里亮着灯……想到秋月……学习好……就来打扰你们……"

妈妈问："到底发生什么事了？"

马爷爷呜咽着说："我家……火山……自杀了……"

火山自杀了？秋月感到震惊。

昨天，火山送走月亮婆婆后，哭得很伤心，他重情重义，但也不至于要自杀吧？

"怎么自杀的？"妈妈问。

马爷爷哭着说："不知道……应该是跳海……我去海边……没有见到人……应该是……跳下去了……"

妈妈又问："你怎么知道他去自杀了？"

马爷爷说："我醒来，他就不见了……他留下遗书……我认得几个字……他后面说……他要死了，要做鬼了……我来找秋月……秋月，你帮我看……看他交代了什么。"

马爷爷摸出一张卡片。

秋月看了，忍俊不禁。

马爷爷问："喂，你怎么笑了？"

秋月说："马爷爷，这不是遗书，这是火山写给月亮婆婆的明信片。"

"什么是……明信片？"

秋月没有回答，一目十行地略读火山写的信，这才知道火山把爷爷的东革阿里当作普通拐杖送给了月亮婆婆。

"他没有说他要自杀。"

"他怎么说的？你念给我听听。"

秋月朗读火山写的信,读得断断续续的。

马爷爷还是忧心忡忡地说:"可是,他不见了呀! 他从来没有这么早出过门,不是去自杀,那是去哪里了? "

秋月问马爷爷:"你打了火山? "

马爷爷说:"他是我心头的一块肉啊,我怎么舍得打他? "

马爷爷叙述昨晚发生的事。

秋月又问:"昨晚,他和木头在一起? "

马爷爷说:"是的,我罚他给拿督公下跪,木头陪着他受罚。"

秋月说:"如果火山有什么计划,一定会告诉木头。马爷爷,你去找木头问问? "

马爷爷迟疑了:"我刚才去鱼头家,他家大门紧闭,楼上没有光,应该还在睡觉。我想大声叫醒他们,又怕被隔壁的吉蒂听见……"

妈妈问:"吉蒂听见又能怎样? "

马爷爷说:"她会笑话我。她昨晚就嘲笑我……让我很丢脸……"

妈妈对秋月说:"你就陪马爷爷去吧,我继续工作。"

秋月必须把马爷爷支开,让妈妈把酒装好。

陪马爷爷去找人

天刚亮,路上行人稀少。

这个季节，游客不来，渔夫又不能出海捕鱼，岛民都起得很晚。

秋月走到木头家楼下，大声喊："木头！木头！"

鱼头叔叔打开窗，眯着眼睛问："什么事？"

马爷爷沙哑着嗓子喊道："我家火山可能……死了！"

隔壁家的吉蒂阿姨也伸出头来，问："死了？"

马爷爷气鼓鼓地别过头去，不理睬吉蒂阿姨。

吉蒂阿姨说："马爷爷，对不起，我不是有意的……"

"火山死了？"木头一怔，"怎么可能，怎么可能？"

吉蒂阿姨说："他偷了褐色拐杖，拿督公收了他的命。"

木头说："你别乱说话！"

吉蒂阿姨说："真的，马爷爷说的。"

秋月喊道："火山没有自杀，他只是失踪了。马爷爷睡醒后找不到他，不知道他去了哪里，以为他去自杀了。"

木头问："他去哪里了？"

秋月说："我们就是不知道他去哪里了，才来问你。我听马爷爷说，他昨天跟你在一起。我想问你，他跟你谈了什么？"

木头挠着头问："秋月，你说什么？我听不清楚。"

鱼头叔叔说："你下去说吧。这样喊叫，哪里说得清楚？"

秋月也说："木头，你下来吧。"

木头说："秋月，你等一下，我刷了牙就下来。"

第二十章
木头

全力搜救火山

心里不着急

木头声称要去刷牙，其实是肚子怪叫一声，闹着要上厕所。每天睡醒后，木头习惯先上厕所，再洗脸刷牙。

上厕所的时候，他思考着火山会不会自杀这个问题。

从火山的性格来看，他应该不会自杀。

火山最担心马爷爷责怪他，现在马爷爷都原谅他了，他更没有理由自寻短见。

昨晚火山说，他一定要挖一棵东革阿里还给爷爷。

他一定是上山找东革阿里去了！

木头知道火山的去向，心里也不着急了。

他相信火山找不到东革阿里，就会回来。

他刷了牙，洗了脸，换了件衣服，梳了梳头，才下去见秋月。

爸爸、马爷爷、吉蒂阿姨和秋月都在餐厅里等他。

秋月跺脚怒嗔道："你怎么这么拖拉？"

木头支支吾吾地说："我刷牙……洗脸……思考……"

爸爸说："老弟，你说重点，你想到火山去哪里了吗？"

木头说："我想到了。"

大家齐声问："哪里？"

木头说："他一定是上山挖东革阿里了。"

马爷爷骂道："这个傻孩子！我花了一个月的时间都找不

到一棵东革阿里，他以为他就能找到吗？山上有神明，哪能随便上去！万一遇见毒蛇怎么办？"

爸爸说："对！山上的毒蛇，白天好像死了一样，晚上却很活跃。火山摸黑爬上山去，危机四伏啊。"

木头听爸爸说过，山上有一种绿色的蛇，头部呈三角形，含有剧毒，如果被它咬到，百步之内必死无疑。

马爷爷没等爸爸说完，就动身去找火山了。

爸爸说："马爷爷，等一等，我跟你一起去。"

木头和秋月同时说："我也去！"

"你们等一等，我也要去。"吉蒂阿姨说完，往她的礼品店跑去。

马爷爷说："不用管她，我们自己走。"

明智的选择

马爷爷回家拿了两把砍柴刀，将其中一把交给爸爸。

秋月回家通知她妈妈一声，再和木头他们汇合。

他们四个人走到山脚下，听见吉蒂阿姨在后面喊："等一等！"

吉蒂阿姨扎了马尾，挂着挎包，换了牛仔裤，穿上跑步鞋，气喘吁吁地追了上来。

她全副武装，反观马爷爷，穿的还是睡衣睡裤。

马爷爷嗤之以鼻地说:"花样真多!"

山路很陡,地面因露水变得潮湿。

马爷爷带头,一步一步往前走。

爸爸牵着木头,木头几次差点儿滑倒,都被爸爸拉住了。

吉蒂阿姨推着秋月走,两人互相扶持,走得很慢。

马爷爷在一个岔路口蹲下来。

爸爸问他在看什么。

马爷爷说:"我在观察,火山是往左边走,还是往右边走。"

"看得出来吗?"

"看不出来。"

爸爸建议道:"不如我们兵分两路,我和我老弟往左边走,你们往右边走。"

马爷爷不屑地瞥了吉蒂阿姨一眼,说:"我不想跟她在一组。不如这样,我跟你们父子走,让吉蒂阿姨带着秋月走。"

爸爸犹豫地说:"她们两个都是女的……"

木头也不放心秋月跟着吉蒂阿姨走,转头对爸爸说:"我陪她们一起走吧。"

爸爸问木头:"老弟,你能照顾她们?"

木头拍拍胸膛说:"我能!"

爸爸把砍柴刀交给木头,说:"老弟,路上小心。"

爸爸跟马爷爷往左边走。

木头、秋月和吉蒂阿姨往右边走。

吉蒂阿姨对木头和秋月说："你们跟着我，是明智的选择。"

她先从挎包里拿出两瓶矿泉水，分别递给木头和秋月，又摸出防蚊喷雾剂，说："来，喷上这个，就不怕蚊子了。"

木头觉得，跟着配备齐全的吉蒂阿姨走，果真是明智的选择。

唱歌给他听

木头想，火山不一定沿着山路走，也可能走进山林中。

于是，他大声喊："火山！火山……"

吉蒂阿姨捂住他的嘴巴，说："在山里，不准喊人家的名字。"

秋月问："为什么？"

吉蒂阿姨说："不要问为什么。"

木头说："如果我们能够发出声音，或许能吸引火山的注意。"

秋月说："我们可以唱歌吗？火山听见我们的歌声，就知道我们来了。"

吉蒂阿姨说："唱歌可以。为了节省力气，我们轮流唱歌，一人唱一首。"

秋月说："木头，你先唱。"

木头唱《小星星》，秋月唱《捉泥鳅》，吉蒂阿姨唱马来歌曲。

不一会儿，一只黄狗狂吠着从斜坡下的树林里跑上来。

"阿旺！"秋月叫道。

木头说："阿旺一定是跟着火山来的，跟着阿旺就能找到火山了。"

秋月问阿旺："火山在哪里？"

阿旺朝树林里吠。

他们跟着阿旺穿过斜坡，走入树林。

树林里没有路，不好走。

一根藤蔓拦住了他们的去路。

木头用刀把藤蔓砍断，继续往里面走。

他们跟着阿旺，终于找到了火山。

火山蜷缩在地上，一动也不动。

"死了？"木头问。

秋月捂住木头的嘴，说："别乱说！"

火山还活着

火山没有死。

吉蒂阿姨探一探他的鼻息，说："他只是昏迷了。"

火山身边还有一把锄头。

吉蒂阿姨使劲摇晃火山。

火山睁开眼睛，迷迷糊糊地说了一句话，又闭上了眼睛。

木头问："你是不是被蛇咬了？"

火山没有回答。

秋月拽着火山的手，说："火山，你起来。"

火山尝试着撑起身体，却又软绵绵地躺回地上。

秋月被吓哭了。

吉蒂阿姨双手抱起火山，刚把他抱到山路边就没力气了，只好坐下来休息。

木头把锄头和砍柴刀交给秋月，说："我来试试。"

木头要背火山，可是火山软绵绵的，没办法抓紧他。

最后，吉蒂阿姨只能和木头合力把火山抬走。

大家都不说话，因为说话浪费力气。

到了马路边，吉蒂阿姨拦了一辆货车，直接把火山送往医院。

医护人员给火山打了点滴，火山渐渐恢复元气。

米西阿姨说："火山只是血糖低，并无大碍。"

木头和秋月这才放了心。

第二十一章
晶晶

付出不是做傻事

为爸爸妈妈付出

今天是爸爸妈妈的结婚纪念日。

晶晶和爸爸妈妈在咖喱鱼头餐厅庆祝。

妈妈从医院过来，晚餐后还得回医院值班。

为了不浪费时间，爸爸先点菜，等妈妈一到就可以坐下吃饭。

爸爸一个人坐在桌边等，晶晶对爸爸说："我要做一件事，你不要管，也别跟来。"

爸爸问晶晶："宝贝，你要上洗手间，是吗？"

晶晶不回答，径自走向餐厅的厨房。

她借用厨房，给爸爸妈妈各做了一个洋葱煎蛋。

今天她要表现表现，也算是对爸爸妈妈的付出。

鱼头叔叔站在一旁观摩，似乎比晶晶还紧张。

晶晶对他说："鱼头叔叔，你不要看着我，我会煎得不漂亮的。"

"不要叫我叔叔，叫我鱼头哥哥。"鱼头叔叔走开了。

木头正在洗刷碗筷，也不忘对晶晶说："加油！"

晶晶还是没煎好。

这不能怪晶晶，只能怪厨房的锅太大，火也太烈。

鱼头叔叔走过来，拍拍手说："好香啊！"

晶晶低着头说："有点儿焦。"

鱼头叔叔说："没有关系，有点儿焦味道才好。"

晶晶想把洋葱煎蛋端出去。

鱼头叔叔说："等你妈妈来，我再帮你端出去。"

是王老师的错?

妈妈穿着白色制服赶来，拍了爸爸的手臂一下，说："老夫老妻了，还庆祝什么纪念日？"

爸爸说："年年平安度过，宝贝健康长大，当然要庆祝。"

妈妈坐下来对晶晶说："宝贝，你看，爸爸是为你庆祝，不是为我庆祝。"

爸爸说："我为我们的结婚纪念日庆祝，如果我们没有结婚，哪来的这个爱情结晶……"

"肉麻！"妈妈又拍了爸爸一下。

晶晶这才明白自己名字的含义。

木头帮鱼头叔叔上菜。

鱼头叔叔端着两个小圆盘出来，圆盘上是洋葱煎蛋，上面还插着一根蜡烛。"这是你们的爱情结晶，奉献给你们的作品！"

晶晶看到洋葱煎蛋被修剪成圆形，不由得在心中感谢鱼头叔叔的用心。

爸爸看着晶晶说："宝贝，原来你躲在厨房装饰这个东西。"

鱼头叔叔澄清道："不是她装饰的，是我装饰的。是她亲自下厨，煎了这两个鸡蛋给你们吃。"

爸爸瞪大眼睛，诧异地说："宝贝，你会煎鸡蛋？"

"洋葱煎蛋？"妈妈看得比较仔细，"谁教你的？"

晶晶说："我在快乐学堂学习的。"

爸爸没有感到高兴，反而皱起眉头。

"你在快乐学堂不是学习华文吗？我给王老师钱，让他教你华文，他却教你做菜？你要学做菜，我不如叫鱼头教你，王老师做菜哪能比得上鱼头？"爸爸转头问鱼头叔叔，"鱼头，你说，是不是？"

鱼头叔叔摆摆手说："他比我好，我比不上。"

妈妈的脸也沉了下来。

晶晶很失望。本以为爸爸妈妈会感动到流眼泪，可他们却不欣赏她的付出。

晶晶还是得说清楚："爸爸，不是王老师教我做的菜，是秋月教我做的。"

爸爸说："宝贝，就算是秋月教的，你们在快乐学堂也应该学华文，而不是做菜。王老师不教你们读书，却让秋月教你做菜，这是不对的。"

"我不管！"晶晶生气了，"我不想跟你们说话了！"

爸爸说："宝贝，有话就要说清楚。你不说，我们怎么明白？"

晶晶捂着脸，不肯说。

妈妈问木头："木头，你说，王老师为什么要教你们做菜？"

木头支支吾吾地回答道："他……教我们……付出。"

妈妈才懂得付出

"又是付出！"妈妈竟生气地拍桌子。

鱼头叔叔问："付出有什么不对吗？做人，就要学会付出啊！"

"当然不对！"妈妈说，"那天在医院里，我问火山为什么上山，他说为了付出，为了帮爷爷找东革阿里。付出，差点儿要了火山的命。"

"其实……不是……"木头嗫嚅着，说不出话来。

"还说不是？"妈妈又说，"我问火山为什么偷爷爷的拐杖，他说是为了送给月亮婆婆，那是一种付出，是王老师教你们的！"

妈妈对木头的态度很不好，让晶晶觉得羞愧。

木头争辩道："火山是拿……不是偷……"

妈妈反驳道："不问自取就是偷，你明白吗？你们小孩子，哪里明白什么叫付出？"

爸爸瞥了妈妈一眼，问："什么叫付出？你明白？"

妈妈说："我当然明白。我为病人服务，我的工作，就是付出。"

爸爸低声说："你工作是为了挣工资。严格来说，应该算交换，不叫付出。"

晶晶附和爸爸："对。王老师说过，交换不是付出。"

"又是王老师？"妈妈提高声调，"王老师懂什么？我的工资抵得过我的付出吗？我的工作范围远远超出我的职责，这不算付出吗？"

鱼头叔叔打圆场："对！老板娘说得对。老板娘，你家钟老板有的是钱，你工作哪是为了钱？就是为了服务嘛！服务就是付出！对，今天是你们的结婚纪念日，我忘了给你们点蜡烛，我来点……"

鱼头叔叔掏出打火机，帮忙点蜡烛。

妈妈还是不甘心，对晶晶说："听到了吗？付出不是那么简单的事。你们小孩子不明白，就不要随便付出，不要像火山那样，为了付出，去偷东西、去冒险，还差点儿把命丢了。"

晶晶气鼓鼓的，不想说话。

付出被取代

鱼头叔叔拍手唱歌："Happy anniversary……Happy anniversary……"

他用《祝你生日快乐》的调，唱着"祝你纪念日快乐"。

晶晶没有唱。

爸爸妈妈高高兴兴地吹了蜡烛。

爸爸把蜡烛拔出来，然后把那盘洋葱煎蛋推到晶晶面前。"宝贝，爸爸的胆固醇过高，不敢吃蛋，给你吃吧。"

鱼头叔叔说："钟老板，你好歹也得吃一口。你女儿的心意，你怎么可以推开？"

晶晶觉得，鱼头叔叔是一个好爸爸。她很羡慕木头有一个好爸爸。

"好，好。"爸爸切了一片洋葱煎蛋放入嘴巴里，然后夸张地说，"好吃！好吃！太好吃了！宝贝，你真棒！"

虽然爸爸说得夸张，晶晶心里还是很高兴。

妈妈吃了几口，也说："宝贝，好吃。想不到你的厨艺这么高超。"

妈妈的夸奖令晶晶满心喜悦。

付出，真的能带来快乐。

鱼头叔叔说："老板娘，这就是晶晶对你的付出。"

妈妈改口说："我家晶晶，悟性高，懂得付出。"

奇怪！妈妈吃了洋葱煎蛋，竟然不再责怪王老师了。

"不过……"妈妈看了晶晶一眼，语重心长地说，"宝贝，你要记得，付出时不可以伤害自己，不可以去做傻事，不要像火山一样……"

晶晶觉得火山真冤枉，无端又被拖下水。

"火山真是命大，被蛇咬了都没死。"鱼头叔叔感叹道。

妈妈问："谁说火山被蛇咬了？"

鱼头叔叔说："火山不是被蛇咬后昏迷在树林里的吗？"

妈妈解释道："火山没有被蛇咬。他空着肚子去爬山，因血糖过低引起了昏迷。"

妈妈并没有说出火山还有贫血症的事实。

此刻，晶晶不想多谈火山的事，只想专心享用自己的作品。

她发觉，洋葱煎蛋的洋葱并没有焦黑。这不是她做的洋葱煎蛋，一定是鱼头叔叔做的。

晶晶抬头看看鱼头叔叔。

鱼头叔叔对她竖起拇指。

晶晶感到伤心，她的付出被取代了，爸爸妈妈赞美的并非她的杰作。

她觉得鱼头叔叔不是一个好爸爸。

还是自己的爸爸最好。

第二十二章
火山

终于完璧归赵

吃炒猪肝吃到怕

火山吃炒猪肝吃到怕了。

连续几天，餐餐都有炒猪肝。

爷爷怕火山不吃，非要亲眼盯着火山把猪肝吃完。

今天的晚餐，火山实在吃不下去了，只好哀求道："爷爷，我不想吃猪肝了，可以吗？"

"不行！"爷爷摇摇头，"这猪肝是坐船过来的，你不要浪费。"

火山以前只见过猪肉，并没有见过猪肝这种东西。

鹦哥岛内是不准养猪的。

火山说："爷爷，米西阿姨说我的贫血是天生的……"

"胡说！"爷爷恼怒地说，"我爬山几十年，从来没有晕过。我们家的孩子，血气充足，怎么可能贫血？"

火山说："可能是妈妈……"

爷爷认同地说："对，可能是你妈妈比较弱。"

火山说："既然是天生的，我可以不吃猪肝了吗？"

"不行！"爷爷厉声说，"就是先天不足，后天才要进补。你要多吃，气血才会充足，不然就不像一个男人了。"

火山只好含泪吃猪肝，越吃越恶心。

"马爷爷！"

门外有客人。

爷爷应声走出去。

火山捧着猪肝走向后门，呼唤道："阿旺，阿旺……"

只是一场误会

门外的人是大鼻叔叔。

爷爷在客厅接待大鼻叔叔。

"大鼻，你不是搬去吉隆坡了吗？"爷爷问。

大鼻叔叔说："搬了。这里的房子必须退租，我要回来处理。"

火山看见大鼻叔叔手里的长条形包裹，突然明白这是怎么一回事了。他感到羞愧，继续躲在厨房里窥视。

大鼻叔叔把手里的包裹交给爷爷，说："顺便把这个东西还给你。"

"这是什么东西？"爷爷似乎是明知故问。

爷爷拆开包裹的一端，果然是火山送给月亮婆婆的褐色拐杖。

火山长吁一口气。

爷爷把包裹还给大鼻叔叔，说："这个你拿回去，我不要。"

大鼻叔叔又把包裹塞进爷爷怀里，说："这本来就是你的东西，怎么可以不要？"

"送出去就送出去了，怎么可以要回来？"爷爷拒绝道。

大鼻叔叔说："那只是一场误会，火山误把它当作普通拐杖送给我妈妈。既然是误会，就应该纠正过来。"

爷爷面露笑容，说："你都知道了？"

大鼻叔叔说："我都知道了。"

大鼻叔叔在吉隆坡，怎么会知道？

爷爷问："谁告诉你的？"

大鼻叔叔解释道："是我先发现的。我带妈妈回到吉隆坡，才发现这根拐杖可能是东革阿里……"

爷爷高兴地说："你真识货！"

大鼻叔叔说："马爷爷，我在鹧哥岛是当导游的嘛，带游客买过东革阿里拐杖，印象深刻。我妈妈说这根拐杖是火山送给她的，我怀疑火山搞错了，便打电话向秋月确认。秋月这才告诉我事情的原委。"

爷爷又问："你怎么会有秋月的电话？"

"我那天在医院遇见秋月，就和她交换了电话号码。她说，火山为了找东革阿里，在山中昏迷了。火山现在怎样了？"

"火山在后面吃饭。"爷爷大声喊，"火山！出来！"

无关爷爷的诅咒

火山走出去，有礼貌地打招呼："大鼻叔叔，你好！"

大鼻叔叔说："好！你没事吧？"

火山埋怨道："没事，只是天天都要吃猪肝。"

爷爷补充道："医生说他贫血，我就买猪肝给他进补。"

"吃猪肝补血啊！"大鼻叔叔附和爷爷，"在鹦哥岛，要吃到猪肝，还真不容易！"

"那是！"爷爷得意极了，"我特地托人买的，坐船送来的。"

大鼻叔叔摸一摸火山的头，说："火山，你多幸福啊，你爷爷这么疼你。"

火山问："月亮婆婆过得好吗？"

大鼻叔叔说："她过得很好，住在我妹妹家里，陪着我外甥玩，整天乐呵呵的，很开心呢。"

火山问："她的病好了吗？"

"嗯……"大鼻叔叔吞吞吐吐的，似乎不想说。

火山又问："是肺结核还是肺癌？"

"你也知道？"大鼻叔叔惊异极了。

火山说："我们都很关心她。"

大鼻叔叔结结巴巴地说："是……是……肺癌。"

火山的心里咯噔一下。

爷爷举起东革阿里拐杖，说："是这个东西害的，我的诅咒应验了。"

大鼻叔叔说："不不不。马爷爷，你别想太多。我妈妈年纪大了，她看得开，也不太伤心，现在还天天跟我外甥女学习写汉字呢。"

爷爷说："她真是活到老，学到老。大鼻，你要好好孝顺她。"

大鼻叔叔说："那当然。我现在帮我妹夫打理生意，也跟妈妈住在一起，一家人总算团圆了。"

爷爷问："你妈妈不回来了？"

大鼻叔叔说："不回来了。我这次回来，就是为了帮她收拾房子，然后把房子退了。"

"这样也好。"爷爷说。

阿旺在门口汪汪地叫着。

"你们收养了阿旺，谢谢你们。"大鼻叔叔走出去看阿旺。

"多亏有阿旺，要不然我还担心小偷呢。"爷爷说溜了嘴，瞄了火山一眼。

火山不好意思地低下头。

大鼻叔叔跟狗说话："阿旺，你在马爷爷家要好好看门。爷爷家的东革阿里是很贵的。"

真是哪壶不开提哪壶！

第二十三章
秋月

帮她完成工作

把不快乐收起来

王老师有事要提前回家，再过三天就要离开鹦哥岛了。

秋月心中有些不舍。

王老师依然认真地给大家上课。

他说："今天，我要你们写一封信，写给最亲爱的家人，好不好？"

木头说："天天见面，还要写信，很不好意思。"

王老师说："这封信，你可以给对方，也可以不给。"

火山说："对方没有收到信，还算付出吗？"

"这不是付出。但是，我要你记得他的付出。你在信中，要把他对你的付出列出来，并表达你对他的感谢。感恩，也是让自己感到快乐的方式。"

秋月想，妈妈为她的付出太多了，列举不完。

王老师又说："你也可以在信中倾诉你的烦恼，说出你的感觉，把一切不快乐都写出来。"

晶晶说："被人看到这些事情，我会很不好意思的。"

王老师说："你不想让我看的话，我可以不看。我只要看到你在写信就行。写完信，你就自己收起来，好不好？"

火山说："老师，把自己写的信收起来，又有什么意思？"

王老师说："把不快乐的事情写在信纸上，总比收在心里好。"

秋月写给妈妈的信

我最亲爱的妈妈：

我从来没有想过要给您写信。今天提起笔来，心情特别沉重。

中午，我从火山那里听到了一个坏消息。他说月亮婆婆患上了肺癌，时日无多。我很伤心，脑海里立即浮现出一个人影，不是月亮婆婆，而是您。

妈妈，您也老了，身体不好，血压高，又有肾病。我时常担心，您会死去。我知道，那一天早晚会来。这令我非常恐慌。走在您身边，陪您去医院，我都担心您会忽然倒下。您在洗肾机旁闭目养神，我也会担心您的眼睛不再睁开。

我很少看到您笑，也很少看到您哭。爸爸去世后的这五年，我知道您一直在咬紧牙根，想把日子扛过去。或许对您来说，欢笑和哭泣都是奢侈的。

妈妈，我对您的忧心，到底源自什么心态，我都搞不清楚。也许，是我太乎您，因为您是我生命中最重要的人；也许，是我在乎自己，是我太自私，我担心失去您之后，一个人无法生存。有时夜晚醒来，听见您咳嗽，想到有一天您会离去，我的眼泪也会不自觉地流下来。我不知道我是为您哭泣，还是为自己哭泣。

我担心的，也许正是您所担心的。您担心我以后无依无靠，于是尽力攒钱，省吃俭用，让我以后可以有尊严地活下去。其实您不需要这么不顾一切地攒钱。我恐惧的是孤单，而不是生活费。我相信，我可以养活自己。

爸爸去世后，您没有添过一件新衣服，家里没再购买任何奢侈品。家里最奢侈的物件，是三年前爸爸留下来的手机。您总要我带着手机，我知道您的用意，万一您发生什么意外，别人可以及时通知到我。因此，我告诉所有朋友，没有特别重要的事，千万别打电话给我，别吓我。

那天我接到大鼻叔叔的电话，真的吓坏了。幸好他只是问我拐杖的事，虚惊一场。只要铃声响起，我的心就会怦怦直跳，几乎要蹦出喉咙。

我害怕手机铃声，对手机本身却感到亲切。因为手机里收藏着爸爸的照片，让我觉得他还在我身边。

我常用爸爸的手机，偷拍您的照片。这么做似乎很不孝，可我并没有准备让您离开的意思。我就是怕您离开，才会偷偷把您塞进手机里，和爸爸在一起，永远陪伴在我身边。

挑选礼物留念

秋月写到这里时，鼻头一酸，眼泪快要掉下来了。

"砰砰砰！"

大鼻叔叔和阿旺出现在门边。

"老师，对不起，打扰了。我是月亮婆婆的儿子，我妈妈交代我办一些事情，需要请这四个同学出来一下……"

王老师问："什么事情？"

大鼻叔叔说："我收拾房子时，找到我妈妈的一些东西。她想把这些东西送给这四个同学留念。我想请他们去挑选东西。"

王老师说："好吧，你们去吧。"

大鼻叔叔带头爬上石级，四个同学跟在后面。

他们进入月亮婆婆的家，看见客厅中央摆着几样东西：翠玉手镯、紫水晶珠链、砚台与墨块、无弦的小琵琶、镂空的瓷花瓶和未完成的百衲被。

大鼻叔叔说："我妈妈要送给你们每人一件礼物，你们自己挑选吧。"

晶晶推着秋月，说："你先挑。"

秋月觉得砚台和墨条不错，可以用来练习毛笔字，但她不想和别人争夺好东西，想让别人先挑选。

晶晶见秋月不动，就拿起小琵琶，说："这件很有趣。我拿这把琵琶。"

火山把砚台和墨条捡起来，问大鼻叔叔："这是做什么用的？"

大鼻叔叔说："画图画用的，我小时候，曾经看过我妈妈用它们画竹子。"

火山说："那么我就拿这个，我喜欢画图画。"

秋月觉得翠玉手镯、紫水晶珠链和镂空花瓶都很美丽，但是这些东西太贵重了，她不敢要。

她盯着未完成的百衲被和百衲被旁边的一个铁盒。

大鼻叔叔打开铁盒，里面有针线、纸版和裁剪好的布料。

大鼻叔叔说："这是我妈妈用来缝被子的。不过，她半途而废了，也许是她眼力不好，不能继续缝下去。"

秋月把百衲被和铁盒接过来，说："我来帮她完成。"

大鼻叔叔扭头问木头："你呢？你要什么？"

木头指着墙根的木盒子问："我可以要那个吗？"

大鼻叔叔打开木盒子，里面是一颗颗石头做的棋子。

他问木头："你也会下象棋？你爸爸教你的？"

"我爸爸没有教我下象棋，我家里也没有棋盘。可是，我见过别人拿着棋盘来找我爸爸下棋。我想学。"

"对了，我有一本《象棋秘籍》，我去拿给你。"大鼻叔叔说。

木头说："大鼻叔叔，这盒象棋是你自己的吗？如果是你的，我就不要了。"

大鼻叔叔进房间找东西，边找边说："你要就拿去吧。这副象棋是石头做的，太笨重，我带不走。我现在跟电脑下棋，不需要它了。"

木头摸着象棋盒子，说："做得真好。"

大鼻叔叔找到三本书和两支毛笔。

他把《象棋秘籍》交给木头，说："回去好好研究，学会秘诀后，帮我挑战你爸爸，好不好？"

"好！"木头满怀信心。

大鼻叔叔把一本《水墨画入门》和两支毛笔交给火山，说："这是我妈妈以前学画用的参考书。这两支是画笔，一支狼毫，一支羊毫，对你大有用处。"

"谢谢大鼻叔叔。"火山笑容满面。

大鼻叔叔把最后一本书交给晶晶，说："这本书应该是配合这把小琵琶用的，你拿去吧。"

晶晶看到这本书的封面，才知道她手里的那把小琵琶叫做柳叶琴。

大鼻叔叔说："这把琴，没有琴弦。你爸爸是开杂货店的，或许他有办法买到琴弦。不然，这把琴只能当作纪念品了。"

"我不管。"晶晶说，"当作装饰品也很好看，我可以把它挂在墙壁上。"

大鼻叔叔对秋月说："你拿的这个破被子，最没有价值。你不如把玉镯和水晶链也拿去作纪念吧。"

"可是……"秋月不肯接受，"我并不想从月亮婆婆身上得到什么。我如果能帮她完成这床百衲被，就很满足了。"

第二十四章
木头

为王老师钱行

木头去邀约

明天是王老师在鹦哥岛的最后一天。

晶晶说，明天就不要上课了，她爸爸要请王老师吃一顿，为王老师饯行。

放学后，木头把这件事告诉了爸爸。

爸爸说："老弟，要请就由我们请，你也可以表现一番。"

木头去杂货店，把爸爸的话转告给钟老板。

钟老板同意了。他对木头说："你们的学费是我付的，你爸爸请一顿饭也是应该的。你去请马爷爷和金莲嫂吧。"

晶晶陪木头去找马爷爷。

路上，晶晶问木头："明天，我想在你家的餐厅做一个洋葱煎蛋给王老师吃，可以吗？"

"当然可以。"

"不过，你要告诉你爸爸，别再帮助我了。我要亲自做一个洋葱煎蛋给王老师吃，就算做得不好，那也是我的心意。"

木头笑着说："好吧。你那天做的洋葱煎蛋被我吃了。"

"好吃吗？"

"好吃，"木头说，"只是有一点儿焦。"

晶晶轻拍木头。

到了马爷爷家，马爷爷听说要为王老师饯行，爽快地答应了。

火山跟随他们去秋月家。

火山对木头说："我想在你家的餐厅炒饭给王老师吃。"

木头和晶晶齐声要求道："我们也要吃。"

晶晶说完，不知想起什么，忍不住笑出声来。

火山挺起胸膛说："你别笑，我会炒得很好吃。"

金莲嫂不想去。

无论秋月说什么，都劝不动她妈妈。

金莲嫂对秋月说："我们家什么都没有，还好意思去吃人家的？你自己去吧。"

木头对秋月说："你妈妈不想去，就不要勉强她了，你自己去吧。"

他们刚要离开，金莲嫂又追了出来，右手拎着一只母鸡，左手握着一瓶米酒。

"秋月没交过学费，你们就帮我拿这些去孝敬老师吧。"

秋月在后面跺脚，喊道："妈，别这样，很丢脸。"

火山说："不丢脸，不丢脸，我来帮你拿。"

晶晶接过米酒，火山捉住母鸡。

木头对秋月说："没事的，我爸爸会用这些做菜。"

保留喜悦到最后

第二天，火山和晶晶都提早来到餐厅。

火山要炒饭，晶晶要煎蛋。

木头笑眯眯地说："我也做了一道好菜给你们吃。"

他们齐声问："什么？"

木头神秘地说："保密，到时你们就会 surprise（惊喜）。"

钟老板把王老师请到餐厅来。

爸爸沏了一壶茶让他们喝。

钟老板嗓门大，坐在外面说话，厨房里的人都听得见。

他发表伟论，说："我们不但要教小朋友付出，更应该教他们交换。要懂得交换的艺术才能生存……"

晶晶在厨房里，捂住耳朵说："真丢脸！"

火山正在炝锅，说："别说话，不要干扰我。"

秋月手里拿着一封信走进厨房，说："这是月亮婆婆写给我们的信。"

晶晶问："写了什么？"

秋月说："我还没看，我要等大家一起看。"

火山嚷道："对！现在不要拆开，等大家忙完一起看。"

晶晶兴奋地蹦了起来。

他们都是第一次收到从远方寄来的信。

木头也想把喜悦保留到最后，便说："先别拆开，等我们吃完饭再拆开吧。"

"我不管！"晶晶说，"我等不及了，快点儿拆开！"

火山边炒饭边喊："不要！不要！不要！"

秋月赶紧把信掖进口袋里。

最简单的最难

大家在饯行宴会上吃得很开心。

除了秋月的妈妈，家长们都出席了。

爸爸做了三道菜：一道是他拿手的咖喱鱼头，一道是蟹肉豆腐，一道是黄酒鸡。

黄酒鸡是用秋月家的母鸡和米酒做的。

同学们各有表现，火山炒饭，晶晶煎蛋，秋月清炒地瓜叶。

家长们都说好吃，对孩子们的厨艺颇感意外。

木头试了炒饭、洋葱煎蛋和清炒地瓜叶后，也对他们刮目相看。

他问爸爸："老兄，你说这三样，哪一样做得最好？"

爸爸圆滑地回答："都很好。"

木头坚持问道："我知道都很好，哪一样最好？"

爸爸沉思了一会儿，说："最简单的那个最好。看似简单，却要掌握火候。"

木头猜到了，是秋月的清炒地瓜叶。

秋月问他："你的呢？"

他说："好戏在后头。"

家长们都称赞王老师教得好，说孩子们的华文进步了，又说孩子们学会付出了，对长辈也更加贴心。

钟老板说："是啊，我家晶晶是个大小姐，十指不沾洋葱水……王老师，是不是这样说？"

王老师说："十指不沾阳春水，是有这么一说。"

爸爸故意问："钟老板，今天是你第二次吃晶晶做的洋葱煎蛋，这次比起上一次，有没有进步？"

上一次的洋葱煎蛋是爸爸做的。

钟老板拍了一下大腿，说："当然有进步，味道相差太多了。那天煎得太干，今天的好吃。"

晶晶"扑哧"一声笑了出来。

"不过，"钟老板扫兴地说，"她学会付出还不够，还应学会交换。我们这一生都在交换，读书交换文凭，文凭交换工作，工作交换金钱，金钱交换货物。我们不但要懂得交换，还要精打细算……"

爸爸听了不以为然，说："孩子还小，没必要那么现实。吃！吃！王老师、钟老板、马爷爷，多吃一点儿。"

木头赞同爸爸的话。

人生就是付出

马爷爷说："这黄酒鸡好吃，就是酒放得太少。"

爸爸问道："要不要再加一点儿米酒？米酒还剩半瓶呢。"

钟老板说："别加米酒，孩子们喝不了。不如这样，另外倒半杯米酒给马爷爷喝。秋月家的酒烈，要兑水才能喝。"

马爷爷不客气地说："不用兑水，我能喝。今天高兴，我跟大家干一杯。"

其他人以茶代酒。

马爷爷喝了满满一杯米酒，脸色红润，话也多了。

他说："钟老板，我就不信你那一套。人生是付出，不是交换，不应该斤斤计较。我就是过于计较，只是丢了一根拐杖，就去拿督公面前诅咒，害了我的孙子，也害了月亮婆婆……"

火山忙说："爷爷，你没有害我，是我自己做错了。"

马爷爷说："火山，你是好孩子，会付出，没什么不对……"

钟老板说："火山差点儿丢了性命。"

火山说："我只是昏迷。"

爸爸说："这样也好。要不是发现火山昏迷，就不会知道他贫血。"

马爷爷说："火山贫血……不是火山的错……是……是他妈妈的错……他的妈妈……"

秋月悄悄跟木头说："马爷爷喝醉了。"

木头竖起拇指说："你家的米酒真厉害。"

秋月问："你的拿手好菜呢？"

爸爸说："对，可以端出来了。"

好戏在后头

木头把冰糖银耳炖雪梨端了出来。

他用电炖锅做的这道甜品，不用菜刀也不用火炉。

爸爸认为，这样比较安全。

秋月尝了一口，夸赞道："我第一次吃到这么好吃的甜品。"

火山捧起碗，也不怕烫，咕嘟咕嘟一口气喝完，说："Delicious（美味）。"

钟老板说："这个好，清热解毒，止咳化痰。"

爸爸补充道："还润肺养颜呢。"

晶晶用汤匙慢慢舀来吃，吃完还把汤匙放进嘴里舔舔，意犹未尽地说："木头，教我做。"

只有马爷爷不喝，他把甜点推给火山，说："你贫血，喝这个好，红枣，补血……"

木头觉得马爷爷没有醉，还知道自己在冰糖银耳炖雪梨里加了红枣。

火山不客气地又喝下一碗，露出满足的模样。

王老师站起来，举起茶杯说："今天小弟以茶代酒，感谢各位的热情款待。小弟来这里度假，没想到认识了这四个小朋友，他们带给我很多欢乐。我觉得他们都很棒，不但纯洁可爱，还肯认真学习、无私付出。吃过他们做的菜，就可以体会到他们的用心，感受到他们的诚意。小朋友们，我也要谢谢你们，谢谢你们给我上了一堂快乐的课。"

马爷爷举起酒杯，泪流满面、语无伦次地说："王老师……谢谢你……我家火山……被他的妈妈……弄得很乱……现在火山变乖了……都是因为你……谢谢老师……我要感谢你……"

爸爸请大家站起来，说："对！马爷爷说得对！我们一起以茶代酒，敬王老师一杯。"

"感谢王老师！"大家异口同声地说。

木头看见王老师早已热泪盈眶。

第二十五章
月亮婆婆

写给小朋友的信

月亮婆婆写给四个小朋友的信

亲爱的秋月、晶晶、火山和木头：

你们都好吗？

我已经搬来吉隆坡了，现在住在我女儿家。我的外孙女十二岁，外孙子四岁，他们陪伴在我身边，日子过得很愉快。

十多年前，我和女儿有一些误会，我反对她和现在的女婿来往。她没有征求我的同意，私自和女婿登记结婚。我觉得她背叛了我，没有原谅她。她和女婿抱着第一个孩子来见我时，我把他们逐出家门。她生下第二个孩子后，要来看我，我也拒绝和他们见面。

我在鹅哥岛住了四十年，习惯了鹅哥岛的生活，对鹅哥岛有深厚的感情，从没想过要离开。即使儿子离去，我也打算在鹅哥岛孤独终老。

你们或许不知道，是你们影响了我，让我发现孩子的可爱与温暖，也让我想起了自己的外孙。我很想见他们，但又怕不被接受。

你们坚持把我送到医院去，让我避免了在鹅哥岛孤独终老的命运。你们的坚持，才让我查出疾病，我儿子才会带我来吉隆坡检查，我才会见到女儿和外孙们。

我住在医院时，女儿来探望我，我们冰释前嫌。我出院后，就搬去了她家，在晚年得到了家庭的温暖。

229

　　我不会因为自己患病而特别难受，死亡对我来说并不可怕。正如时间到了，榴莲一定会掉落。榴莲从果蒂生出来，也从果蒂脱落。榴莲的果蒂包含了生和死，生和死是一体的，不能只选择其一。

　　我剩下的日子不多了，想留在吉隆坡享受天伦之乐。我年纪大了，不适合舟车劳顿，不能再回鹈哥岛见你们了。如果你们有机会到吉隆坡来，欢迎来找我。

　　你们给我写的明信片，我常常拿出来看，看了一遍又一遍。一张小卡片，带给我的快乐却是那么多。你们为我付出，我也要为你们付出，也要给你们写信。

　　写信给你们，对我来说不简单。幸亏我的外孙女华文不错，我不会写的字，都是问她的。要是她也不会写，就会告诉我拼音。我再翻查字典，用拼音把字找出来。

　　写完这封信，我觉得很有成就感，也很快乐。我决定给你们每个人都写一封。我要你们和我一样，获得收信的快乐。王老师说得对，付出能带来快乐。

　　写到这里，外孙女余一诺问我，付出如何带来快乐。我就把你们的故事一一讲给她听。她听了很感动，很想认识你们。我走不动了，以后就让一诺代表我，继续和你们做朋友吧！我告诉一诺，你们都是很棒的朋友，认识你们，将是她的福气。

　　祝你们　学习进步，生活愉快！

怀念你们的老太婆
月亮婆婆　上

月亮婆婆写给晶晶的信

亲爱的晶晶：

在我眼中，你是鹈哥岛的小公主。

你的爸爸和妈妈都是了不起的人物。你妈妈是一个负责任的护士，敬业乐业；你爸爸是一个好人。我丈夫去世后，女儿离家，儿子没工作，生活困顿。家里用的吃的，都是从你爸爸的杂货店赊来的。你爸爸从没向我讨过债，还时常关心我们，问我们需要什么。直到我儿子当了导游，才有能力偿还债务。

我说你是小公主，因为你们家是这里第一个请女佣的。你爸爸请女佣，就是为了照顾你。有一次，我去杂货店买东西，看见女佣在喂你吃饭。你一边跑一边玩，女佣拿着碗和汤匙在后面追赶，那时你已经五六岁了。

我认为，你就是一个被宠坏的小公主。我不赞同你爸爸的教育方式。衣来伸手、饭来张口，会让你变成依赖性很强的人。你别介意我这么说，那是我的偏见，后来就不这么想了。

我认识你后，发觉你和你爸爸一样，是一个有善心的人。你探望我，关心我，做饭给我吃，令我非常感动。你能够做出美味的洋葱煎蛋，的确出乎我的意料。我一直以为你什么都不会做，原来是我看错了。你不但会做事，而且能把事情做得很好。有什么食物比小公主亲手做的更好呢？那是我吃过的最好的食物!

因为你们的到来,我才有机会见到王老师。王老师教你们付出,这对你个人而言非常重要。我一直以为你是小公主,小公主不需要付出,只想接受别人的付出,只想得到不想失去,要小公主学会付出特别困难。晶晶,你做到了,王老师也做到了,恭喜你们!

晶晶,你将来一定会成为一个精明能干的人。继续努力!

祝你 幸福快乐!

关心你的老奶奶

月亮婆婆 上

月亮婆婆写给火山的信

亲爱的火山:

你的事情我听说了。因为对我付出,你受了不少委屈,这令我特别担忧。

听说你不顾危险上山寻找东革阿里,结果在山上昏迷了,这让我想起了你爸爸。你们都是急性子,心头一热,也不多想,说做就做,不顾后果。

你的爸爸是潜水教练,生前跟我儿子亲如兄弟,也常来我家,我也把他当成亲生儿子。你爸爸和我儿子常常一起带旅行团出海游玩,我儿子负责向游客解说,你爸爸负责指导游客潜水。你爸爸很负责任，每次带游客潜水之前，自己必定先走一趟，看清楚海底的环境，确保游客的安全。

　　他会照顾游客的安全，却不会照顾自己的安全。他总是独自出海，到处寻找适合潜水的地点。他出事那天，风大浪急，我儿子劝他别去，他说他会游泳，船被打翻也不怕。结果船没被打翻，他却失踪了。有人说他被龙王招去当女婿了，我不相信，你妈妈那么漂亮，他不会舍得离开你妈妈的。

　　说到你妈妈，你爸爸出事时，她才三十多岁。失去伴侣的痛苦，我最了解。那种空虚、寂寞、痛楚，是你难以想象的。你妈妈还年轻，需要一个伴侣。当年我失去丈夫时，已经五十多岁，年纪大了，要不然我也会改嫁。等你成年之后，你就会知道她没有做错。

　　说到对与错这回事，我也有话想说。你拿了爷爷的东革阿里拐杖送给我，独自上山去寻找东革阿里，你觉得自己做错了，责怪自己。我认为，这两件事不能怪你。你的动机是好的，并不是想要做坏事。这次你做错事，只能说明你天真。在你们这种年纪，天真是正常的。你们的纯洁心灵，是值得褒奖和赞美的。

　　每个小朋友在成长的过程中，都会做错很多事。重要的是能从错误中学到经验，有所进步。长大后，就不会再如此天真了。

　　不过，我还是得说你一句，做事时别太冲动，别让情绪牵着你走。情绪高涨、心怦怦直跳的时候，就要控制自己的行动，深呼吸，想一想，再想一想。从另一个角度来看，这两件事是你一生的财富。它们是上天给你的教训，告诉你以后做事要三思而行。也许因为这两件事，你以后可以避免犯下更惊险的错误。

我啰啰唆唆说得太多了。我知道，你们小朋友是不喜欢听大道理的，我就此打住吧。

祝你 智勇双全！

把你当亲孙子的老人

月亮婆婆 上

月亮婆婆写给秋月的信

亲爱的秋月：

你是四个孩子当中最乖巧听话的，就因为你的乖巧听话，让我特别心疼与不忍。我总觉得，你把好的事情都让给别人，把坏的事情揽在身上。伤心的事，你自己吞下去；快乐的事，你与大家分享。王老师不必教你付出，你一生下来就懂得付出。

你特别善良仁慈。那天，我在家里不小心滑倒，扭伤了腿，爬不起来。我躺在地上，肥皂水浸透了衣服，我的脊背感到阵阵寒凉。我很绝望，想起丈夫死了，女儿背弃我，儿子去城市讨生活，自己孤苦伶仃无亲无故……我当时真希望这么一倒不起，离开这个无可眷恋的世界。唯一留在我身边的，只有阿旺。阿旺不能扶我起来，只能站在旁边狂吠。我告诉阿旺："你就别叫了，没有人会在意一只狗的叫声，就让我躺在这里死去吧。你不需要同情我，你比我更可怜。我死了，会和丈夫团聚，你却从此变成一条流浪狗，不知道还要受多少罪呢。"

我没有想到，你听见了狗吠声，奔上来救我。你气喘吁吁的，顾不上停下来歇息，二话不说就把我扶了起来，帮我换上干净的衣服。你的一举一动，那么温柔，那么细心，一只手总是抓着我，怕我再次跌倒，我的亲生女儿都未曾对我这么孝顺。

你妈妈来医院看我时，跟我提起了你。她疼惜你，知道你对她的好，觉得她对不起你，不能给你好的生活，还拖累了你。我相信这些话，你妈妈都不会当面跟你说。我们那个时代的人，都不习惯面对亲人透露心事。

你妈妈的心情我特别能体会。独自一人，要带大一个孩子，那种艰辛，无法与外人道。况且，我们都是身患重病的人，我年纪大了，她却那么年轻。她总是为你流泪，还说："我放心不下我家秋月，我担心万一我走了，她不知道要吃多少苦……"

我安慰她，儿孙自有儿孙福，你长大后，自然会找到自

235

己的路，会嫁一个能照顾你的好丈夫，会找到一份安定的工作。你妈妈说："我了解我家秋月，她学习好，爱读书，一心一意想考上大学，我就是担心自己不能等到她上大学。"

秋月，你还在念小学，通往大学的路还很遥远。你妈妈想要为你铺一条那么长的路，怎么能不感到沉重？她酿私酒，就是想在有生之年，为你多攒一点儿钱，把那条路铺设完整。可是你不谅解她，总是和她较劲，让她特别难过。

你不要介意，我不是责怪你。你和你妈妈都是同一类人，只想到别人，没顾到自己。

我儿子回来跟我说，他摆了一些物品让你们挑选。我问我儿子，你是不是选择没有完成的百衲被。我儿子说："妈，你很神！全猜对了。"我听了，眼泪簌簌流下。

我就是心疼你。我知道，我做不完的事情，你会帮我完成。我儿子说，他要给你玉镯和珠链，你都不要。我知道，你不会无缘无故地拿别人的好处。

秋月，你非常优秀，我不敢给你什么赠言。比起你来，我差得多了。我没有信心，做事缺乏毅力，年轻的时候参加过民族乐队，学过柳叶琴，但是学得不好，只能在乐队里伴奏，不能独奏。搬家后，我就放弃学习，只留下一把无弦琴。我也想学水墨画，买来毛笔和砚台，临摹了几幅竹子图，觉得自己不行，又放弃了。只有百衲被，我还算喜欢做，可是缝了一半，不知道要缝给谁，我儿子不喜欢，外孙不在身边，也放弃了。现在留下这个残局要你收拾，真不好意思。你完成百衲被后，把它送给你妈妈吧！我相信她一定会喜欢。以后你遇到任何困难，可以找我儿子、钟老板或鱼头帮你，我相信他们一定乐意帮忙。有些事情，你现在不能够依靠自己，必须接受别人的帮助，等你长大后有能力了，再报答人家。

　　和其他三个孩子比起来，你的心中好像藏着一份忧郁。秋月，我真的希望你能开心起来。你已经学会付出，还没学会快乐。如果你的不快乐来自生活的苦楚，你要记得，因为今天的苦，才能感受得到明天的甜。

　　祝你　心情开朗！

心疼你的老朋友
月亮婆婆　上

月亮婆婆写给木头的信

亲爱的木头：

　　木头，我一直觉得你是一个深藏不露的人，也许是因为你不善言辞。你的心肠很好，就是不会说好听的话；你也很聪明，就是不会表现。

　　这一点，你很像你爸爸。你爸爸是象棋高手，却深藏不露。我以为他会教你下棋，可后来听我儿子说，你家里连棋盘都没有。也许，他不把下棋当大事。我儿子说，很多人拿着棋盘去找你爸爸，只希望能赢你爸爸一局。我儿子以前买书苦练象棋，也是为了挑战你爸爸，但每次都大败而归。后来他觉得赢不了你爸爸，放弃不学了。他跟我一样，没有恒心。我问他为什么赢不了，他说："我们下棋只想到前面一两步，鱼头却想了三四步。"

你爸爸是性情中人。我不知道他有没有提起过你的身世。你妈妈是一个印尼华侨，在马来西亚生下你以后，回到印尼改嫁给一个印尼富豪。你爸爸听到这个消息，伤心欲绝。他辞去厨师的工作，来鹅哥岛疗伤。你还被抱在手里的时候，你妈妈曾经来鹅哥岛大哭大闹过。她要把你抱去印尼，你爸爸不同意。她又拿出一行李箱的钞票换你，你爸爸仍旧不答应。很多人笑他傻，他却说："我要那些钱做什么？我失去孩子就真的一无所有了。"

我跟你说这些，只是想告诉你，你对你爸爸是多么重要，你要珍惜你和你爸爸的感情。看到你们亲如兄弟，我很欣慰。

四个人当中，我觉得你心境最平和，处变不惊，能从容不迫地处理问题。那天，你发现我的脚踝红肿，便一言不发地离开，通知你爸爸，让他来背我下山。

我看得出，你总是开朗和愉快的。我相信，你的愉快来自你和其他人的良好关系。王老师说，付出能带来快乐。你则让我发觉，良好的关系也能带来快乐。以前我和女儿的关系不好，我觉得她忤逆我，始终不肯原谅她。现在我们的关系好了，心中没有芥蒂，日子比以前快乐得多。在维系家人关系这件事上，我虽然是一个老人家，却比不上你。

在你们这四个孩子中，你最让人放心。我相信，只要你好好努力，以后一定有大作为。

祝你　前途光明！

一个比不上你的老人家

月亮婆婆　上

图书在版编目（CIP）数据

快乐四人组 /（马来西亚）许友彬著 . — 青岛 : 青岛出版社 , 2017.10
（许友彬"快乐学堂"系列）
ISBN 978-7-5552-6061-5

Ⅰ . ①快… Ⅱ . ①许… Ⅲ . ①儿童小说—长篇小说—马来西亚—现代
Ⅳ . ① I338.84

中国版本图书馆 CIP 数据核字（2017）第 226971 号

本书由马来西亚红蜻蜓出版有限公司在马来西亚首次出版
并授权青岛出版社在中国（含港、澳、台地区）出版发行中文简体版
著作权登记：鲁权图字 15-2017-21

丛 书 名	许友彬"快乐学堂"系列①
书　　名	快乐四人组
著　　者	（马来西亚）许友彬
出版发行	青岛出版社（青岛市海尔路 182 号 ,266061）
本社网址	http://www.qdpub.com
邮购电话	0532-68068026
责任编辑	步昕程
插　　图	路　尼　李明翰　张　帅
装帧设计	祝玉华　夏　琳
照　　排	青岛双星华信印刷有限公司
印　　刷	青岛国彩印刷有限公司
出版日期	2017 年 10 月第 1 版　2018 年 5 月第 4 次印刷
开　　本	32 开（890mm×1240mm）
印　　张	7.5
插　　页	4
字　　数	150 千
书　　号	ISBN 978-7-5552-6061-5
定　　价	24.00 元

编校印装质量、盗版监督服务电话　4006532017　0532-68068638
建议陈列类别：儿童文学